옆집 천사님 때문에 어느샌가
인간적으로 타락한 사연
Vol. 3
사에키상
©Hanekoto

©Hanekoto
시라카와 치토세
카도와키 유타
아카자와 이츠키

후지미야 아마네
시이나 마히루

"자, 맛있게 먹어."

"걱정하지 말아요. 맛은 봤으니까요."
©Hanekoto

"저, 저기……
이상하면 웃어 주세요."

목차

아카자와 이츠키

아마네의 몇 없는 친구.
쾌활하고 누구나 스스럼없이 대하는 소년.
여친인 치토세를 끔찍하게 아낀다.

시라카와 치토세

이츠키의 여자 친구.
발랄한 인상이 드는 소녀.
장난을 좋아해서 아마네한테도 자주 친다.

옆집 천사님 때문에
어느샌가
인간적으로
타락한 사연
Vol. 3
키상
트 하네코토
by Saekisan
ration by Hanekoto
e is the neighbor
Angel,
am spoilt by her.
©Hanekoto

일러스트

하네코토

제1화 2학년 신학기

"있잖아. 내가 어린애도 아니고 말이야."

고등학교 2학년이 되고 처음으로 등교하는 개학식 날 아침, 아마네는 어머니 시호코와 전화하다가 어처구니없는 기색을 감추지 않고 대꾸했다.

일부러 아마네가 일어나 대충 준비를 마치고 여유가 생겼을 시간대를 노려서 전화를 거는 어머니에게 황당함과 감탄을 반반씩 느끼면서, 걱정도 참 태산이라고 소파에서 슬쩍 한숨을 흘린다.

어머니는 아마네가 혼자 따로 살아서 걱정하는 것이 아니다. 옛 상처가 또 곪지 않을까 신경을 쓰는 것이리라. 2학년이 되어서 부담도 커질 테니까, 뭔가 영향을 받아서 터지지 않을까 우려하는 듯하다.

아마네는 가끔 쑤시는 정도이지, 심하게 아픈 수준이 아니다. 바쁜 부모님에게 걱정을 끼치고는 싶지 않았다.

"걱정하지 마. 혼자서도 괜찮으니까."

『힘들면 언제든지 말하렴. 아, 그보다는 마히루짱에게 보듬어 달라고 하는 게 좋겠네!』

"말을 막 던지시네."

어째서 마히루가 달래는 방향으로 유도하려는 걸까.

어머니가 마히루를 아끼고, 여차하면 좋은 관계가 됐으면 좋겠다고 생각하기 때문일까. 아들로서는 참 성가신 참견이다.

연애 감정을 자각하고 있는 만큼, 부모님의 간섭은 좋든 나쁘든 성가시다.

애초에 마히루를 좋아한다는 사실을 알리고 싶지 않으므로, 이런 대화는 적당히 흘려넘기는 것이 제일이다.

『마히루짱이라면 기꺼이 받아줄 텐데.』

"아, 그러신가요."

『아무튼, 힘들면 누구든 좋으니 의지해야 한다? 개인적으로는 꼭 마히루짱이——.』

"나는 슬슬 나가야 하니까 끊을게. 아침부터 걱정해 줘서 고마워."

더 말하다간 마히루를 자꾸 권할 게 뻔해서 고맙다는 말만 넌지시 하고 통화를 끝냈다. 필시 지금쯤 어머니는 볼을 부풀리고 있을 것이다.

걱정의 원인은 아마네 자신이지만, 이건 너무 마음을 써 주는 것이다.

옛날 상처가 쑤실 때는 있지만, 몸부림칠 만큼의 고통은 주지 않는다.

애초에 괜히 떠올리지 않으면 고통스러울 일도 없다.

(괜히 건드리지 않으면 돼…….)

정말로 신뢰할 수 있는 사람만 곁에 있으면 된다.

그렇기에 반이 바뀌는 것은 조금 무서웠지만, 이것만큼은 어쩔 수 없는 문제라서 그냥 포기하고 받아들일 참이다.

화면을 꺼서 어두운 스마트폰 화면에 자신의 우울한 얼굴이 비쳐서 조금 쓴웃음이 나온다.

이런 얼굴을 치토세나 이츠키가 보면 등짝을 때릴지도 모른다고 생각하면서, 아마네는 학교에 가고자 소파에서 일어섰다.

대략 2주 만에 보는 통학로에 조금 감상에 잠기면서 학교에 이르고, 아마네는 게시판으로 다가갔다.

학급 배치표가 붙어 있어서, 아마네도 확인해야 한다.

일단 다소 일찍 왔다고는 해도 새 학년 신학기라는 점도 있어서 일찍 등교한 학생이 많다. 그중에서도 참 희한하게도 친구인 이츠키가 먼저 모습을 드러냈다.

"안녕, 아마네. 지금 왔나 보네."

"안녕. 네가 먼저 오다니 비가 오겠는걸."

"아버지가 신학기 정도는 빨리 가라고 집에서 내쫓았거든."

슬쩍 웃으면서도 지겹다는 듯 고백하는 이츠키가 어깨를 으쓱한다.

이츠키는 여전히 아버지와 대립하고 있는 듯하다. 치토세와의 관계가 있어서 부모님의 뜻에 따를 마음이 생기지 않는 것이리라.

이츠키로서는 치토세를 인정하려고 들지 않는 부모님과는 서로 이해하고 싶지 않은 듯하다. 치토세와의 교제를 따지고 드는 점만 빼면 엄격하기는 해도 성실하고 상식이 있는 사람이니까, 친구가 봤을 때는 좋은 부모님이지만.

그 점을 보면, 자신은 부모님과 사이좋은 편이리라.

오히려 너무 소중하게 아끼는 바람에 조금 난처하지만, 부모님이 아마네를 존중하므로 대립할 일은 없다.

아마네를 위해서 부모님이 나고 자란 고향에서 떨어진 학교로 보내줬으니까. 더군다나 아마네의 교제를 막을 생각이 없다고 할까, 오히려 추천하고 있다. 아마네가 마히루에게 느끼는 감정을 전하지는 않았지만, 부모가 마히루를 매우 아끼고 딸로 삼고 싶다고 말할 정도니까, 만에 하나 마히루와 사귀는 사이가 되더라도 환영해 줄 것이다.

자신이 가정환경 면에서 매우 축복받은 사실은 잘 알고 있었다.

(마히루의 사정을 생각하면, 나는 아마도 엄청 행복한 거겠지…….)

마히루의 어머니가 지었던 차가운 표정을 떠올리고 기분이 착잡해졌을 때, 마음을 가라앉힌 건지 이츠키가 히죽 웃는다.

"뭐, 우리 아버지는 아무래도 좋지만. 자, 학급 배치표나 보라고."

"네가 웃는 걸 보니 대충 짐작은 간다."

히죽거리다가 실실 쪼개며 웃는 이츠키를 한심하다는 듯 슬쩍 보고, 학급 배치표를 확인하고 있는 사람들 사이에서 자신의 이름을 찾는다.

잠시 후 자신의 이름을 찾고, 다음으로 같은 반에 배정된 이름을 확인한 뒤 이츠키가 왜 웃는지 그 의미를 다시 이해했다.

명단에는 잘 아는 이름이 몇 개 있었다.

작년에 이어서 올해도 같은 반이 된 사람의 이름도 더러 있는데, 그중에는 이츠키와 작년에도 같은 반이었던 통칭 왕자님, 카도와키 유타가 있다.

나아가 치토세의 이름도 보이는데, 이츠키의 기분이 좋은 것은 반쯤 이것 때문이리라.

그리고 또 하나, 익숙한 이름이 보였다.

시이나 마히루. 아마네가 평소 신세를 지고, 나아가 남몰래 호감이 생긴 옆집 사람의 이름이다.

(이러면 노린 것 같잖아.)

물론, 학교에서 학급 배치를 정하는 거니까 아마네나 주변 사람들은 일절 관여하지 않았지만, 설마 익숙한 사람이 여럿 있을 줄은 몰랐다.

"잘됐네, 아마네."

"뭐가 잘됐는지 모르겠는데. 뭐, 네가 있어서 안심했어."

"뭐야, 갑자기 반한 거야?"

"넌 좀 닥쳐. 너야말로 잘됐잖아. 치토세가 같은 반이라서."

"그러게 말이야. 사랑하는 여자와 찢어지는 줄로만……."

"오히려 찢어지는 게 주위 사람들에게 좋을 것 같은데 말이야."

신바람 커플이 있으면 너무 시끌벅적하다.

게다가 아무렇지도 않게 찰싹 달라붙는 커플이라서 솔로가 피눈물을 흘리거나 애정 행각을 보고 속이 쓰리거나 할 것 같다.

친숙한 이츠키와 치토세가 있어서 반가운 한편, 앞으로 1년 동안 시끄러울 테니 고생길이 훤히 보인다.

“말이 심하네. 그거냐? 여친 없어서 질투하는 거야?”

“그 소리를 다른 남자한테 해 봐라. 눈빛으로 죽일걸.”

“농담이래도. 속도 참 좁네. 뭐, 아무렴 어때. 네가 관심이 있는 사람도 이번에는 같은 반이니까.”

“입 다물어.”

야유하듯 말하고 고개를 홱 돌리니 경쾌한 웃음소리가 들렸다. 그게 왠지 속을 긁어서 미간을 찡그리지만, 앞에서 작은 웃음소리가 들려왔다.

“무슨 일인지 모르겠지만, 후지미야가 싫어하는 눈치인데? 너무 놀리다간 미운털이 박힐 거야, 이츠키.”

어딜 봐도 이츠키의 목소리가 아니라서 소리가 들린 곳을 돌아보니, 이츠키의 어깨를 두드리는 왕자님, 유타가 있었다.

주위에서 슬쩍슬쩍 보는 것도 다 알고 있을 테지만, 익숙한 건지 딱히 의식하는 기색도 없이 아마네를 보고 살갑게 웃음을 지었다.

“안녕. 올해도 후지미야와 같은 반이야. 잘 부탁해.”

딱히 대단한 접점도 없을 텐데 아마네가 이츠키와 게시판 근처에서 대화하고 있을 때 인사하러 온 듯하다. 유타는 이츠키와도 사이가 좋은 것 같으니까 말을 걸어도 이상하지 않지만, 아마네도 친근하게 보는 것은 신기했다.

이런 인기남이 말을 걸면 거북하다. 유타의 잘못은 아니지만,

너무 이목을 끄는 것은 달갑지 않다.

게다가 이렇게 신학기에 새로운 교우 관계를 만들려고 하면 옛날 일이 떠오른다.

가슴속에서 확 퍼지는 아픔이 낯설지 않다.

속에서 정리하고, 속에 꾹 삼키고, 속에 깊숙이 밀어넣었을 터였다.

"후지미야."

"아, 미안해. 잠시 멍하니 있었어. 올해도 잘 부탁해."

조금 불안한 눈치로 눈썹을 늘어뜨리는 유타에게 슬쩍 웃어서 대꾸하자, 안심했는지 부드럽게 웃는다.

그건 여자들에게 보여줘야 하지 않을까. 아주 조금 그렇게 생각하면서도 순수하게 기뻐하는 눈치라서 아마네도 안심했다.

유타는 그대로 다른 남학생이 말을 걸어서 그쪽으로 갔지만, 그때까지 잠자코 있었던 이츠키가 뭔가를 확인하듯 아마네를 바라본다.

"너 혹시, 유타를 경계하는 거야?"

"아니, 그런 건 아니야. 다만, 나랑 친해지려고 하는 게 왠지 신기해서."

"와, 또 비굴하게 군다. 유타는 뭔가 목적이 있어서 너랑 친해지려는 게 아닐걸? 세상 모두가 이익을 계산하고 다른 사람과 친해지려는 건 아닐 테니까."

의심도 참 많다고 어처구니없어하는 이츠키에게, 아마네는 "그야 그렇겠지만."이라고 대꾸한다. 그 뒤에 '하지만 그런 사람도 있어.' 라고 덧붙이려는 것을 꾹 참고서.

딱히 유타가 그런 사람이라고 생각하는 것은 아니다.

작년에 1년 동안 같은 반에서 지낸 것이 전부지만, 그래도 사람 됨됨이는 잘 안다. 친절하고, 성실하고, 사람들의 호감을 사는 성격이라서 인기가 많은 것도 이해가 되고, 친구가 많은 것도 이해할 수 있다.

그래도 아마네의 가슴속에 자그맣게 남은 응어리가, 과거를 떠올리게 하는 이 시기가, 의심을 강하게 부채질한 것이리라.

아마네 자신도 잘 알지만, 조금 몸을 움츠리고 경계하고 마는 것이다.

"카도와키가 어쨌다는 게 아니라, 나는 낯을 가려서 갑자기 말을 걸면 겁이 덜컥 난다고."

"뭐, 너는 굳이 따지자면 낯을 가리는 성격이 맞지만. 나와 처음 이야기했을 때도 경계심을 확 드러내는 고양이 같았으니까."

"야, 누가 고양이라는 거야."

"건드리지 않으면 얌전한데, 건드리면 털을 곤두세우고 학학거리는 고양이였거든?"

사람을 동물처럼 말하는 이츠키를 보고 미간을 찡그리고 "어딜 봐서 고양이라는 거야."라고 나지막하게 중얼거린다.

고양이를 좋아하는 사람으로서, 그 도도하고 귀여운 생물을 속이 삐뚤어진 아마네와 동급으로 보지 말았으면 좋겠다.

"뭐, 유타도 익숙해지면 친해지기 쉬울걸? 중학교까지 해서 3년 동안 같은 반이었던 내가 보장하겠는데, 재는 속까지 좋은 놈인데?"

"그건 봐도 아는데, 내 마음의 문제야. 게다가 딱히 말을 걸 일도 없고……."

"쟤가 먼저 말을 건단 말이지."

"왜?"

"음? 그야 네가 유타가 봐도 좋은 놈이니까 그런 게 아닐까?"

이츠키가 히죽 웃고 말하지만, 아마네는 그 기준을 몰라서 미간을 찡그릴 수밖에 없었다.

"안녕! 올해는 같은 반이구나!"

새로운 교실에 들어가 지정된 자리에서 제출 서류에 문제가 없는지 확인하고 있을 때, 미묘하게 늦잠을 잔 듯한 치토세가 찾아왔다.

올해는 치토세와 이츠키가 모두 같은 반이니까, 참으로 닭살 돋는 일상이 시작되리라.

"안녕. 오늘은 이츠키랑 같이 안 왔네."

"응. 늦잠 잤어. 와~ 신학기인 줄도 깜빡하고 마마가 깨워줬어. 잇군은?"

"아까 자판기 있는 곳에 갔는데."

"오케이. 밀크티 부탁해야지. 아, 마히룽, 마히룽! 올해는 같은 반이니까 잘 부탁해-!"

누구를 봐도 주저하지 않는 치토세는 먼저 교실에 와 있는 마히루에게 손을 붕붕 흔들면서 돌격했다.

남녀를 가리지 않고 여러 사람에게 둘러싸인 마히루가 눈을 딱 깜빡인다.

주위 사람들이 '마히룽' 이라는 별명에 경직했다. 하지만 이어서 마히루가 아무렇지도 않게 받아들이고 천사님의 미소를 보이자, 그것이 허용되는 사이임을 이해했는지 부러운 눈으로 쳐다봤다.

싱글벙글 웃으면서 마히루에게 서둘러 다가가는 치토세를 보고 아침부터 기운이 넘친다며 황당함과 감탄을 반반씩 느끼면서 마히루에게 눈길을 돌렸다가 시선이 마주쳤다.

부드러운 미소의 질이 한순간 변한 느낌이 들었는데, 곧이어 치토세에게 시선을 돌리고 자애로운 눈빛으로 바뀌었다.

"오늘은 어차피 일찍 끝날 테니까 크레프 먹으러 가자! 역 앞에서 파는 크레프가 맛있어-."

"그래요. 저라도 괜찮다면."

기분 탓인지 또 이쪽을 본 것 같지만, 아마네는 딱히 자신의 허가를 안 받고 가도 상관없고, 애초에 행동을 제한할 권리도 없으니까 마음대로 했으면 좋겠다.

점심은 패스트푸드나 편의점 도시락으로 때우면 되겠지. 참으로 건전한 친구 사이라서 흐뭇하기도 하다.

치토세는 이런 구석이 참 좋다고 보니까, 다른 사람과 잘 놀려고 하지 않는 마히루를 피곤하지 않은 선에서 데리고 같이 놀았으면 좋겠다.

치토세가 같은 반이라서 가장 잘된 사람은 마히루일지도 모른다.

치토세의 기백에 밀리면서도 즐겁게 웃는 마히루를 멀리서 지켜보면서, 아마네도 조금 입가에 웃음을 띠었다.

신학년도 첫 등교는 개학식을 마치고 반에서 자기소개 및 연락사항 전달을 거친 다음에 해산하는 것으로 끝났다.

오전 중에 하교하면서 마히루와 함께 식사를 공유한 이후로 의지할 일이 줄어든 편의점 도시락을 사서 귀가한 아마네는 식사를 마치고 소파에 늘어지게 드러눕는다.

새로운 반에는 아는 얼굴도 많고, 그냥 봐서는 차분한 학생도 많은 듯하니 어떻게든 잘 지낼 수 있을 것 같았다.

정말이지, 아는 사람이 많아서 다행이다. 만약 하나도 없었더라면 앞으로 1년 동안 학교생활이 우울해질 뻔했다.

아마네 자신도 음침한 성격이라고 잘 아니까, 역시 새롭게 친구를 사귀고 친목을 다지기는 좀처럼 쉽지 않다. 신뢰할 수 있는 단계에 이르기 어렵다고도 말할 수 있다.

이런데도 용케 이츠키와 친해졌다고 옛날의 자신에게 감탄하면서, 아마네는 천천히 눈을 감았다.

익숙하지 않은 반에 조금 피로를 느꼈다. 식후의 졸음도 맞물려서, 아마네는 순식간에 잠에 빠져들었다.

아마네가 봉인한 옛날 기억은 상처에 손대는 것처럼, 작고도 강한 통증을 유발한다.

평소에는 잊은 상태이고, 충실한 학교생활로 기억 깊숙한 곳에 몰아넣고 있는 것이다.

마히루를 만나고 난 뒤로는 떠올리는 일도 거의 없었다. 있을 때도 수면에 떠오르는 물거품처럼 금방 사라지는 정도라서 아픔도 적었다.

그것이 지금 와서 명확하게 표면에 부상한 것은 신학년도가 시작된 탓일까, 아니면 마히루의 과거에 자극을 받은 것일까, 그것도 아니라면 가슴에 쐐기를 박은 원인을 제공한 남자와 유타가 조금 겹쳐서 보였기 때문일까.

『올해부터 잘 부탁해!』

과거에, 그렇게 말하고 아마네에게 손을 내민 남자가 있었다.

당시의 아마네는 더 솔직하고, 남을 의심할 줄 몰랐다.

주위 사람도 전부 선량해서 악의를 좀처럼 느낄 수가 없었다.

그래서 그도, 그들도, 모두가 그렇다고 의심하지 않았다.

『——너 따위는, 처음부터.』

그 뒤로 이어진 말은 아마네가 벌떡 일어나는 바람에 머릿속에 울리지 않았다.

조금 흐릿한 시야에 평소와 똑같은 실내가 보인다.

봄 햇살이 창밖에서 들어와 불을 켜지 않은 실내를 따스하게 비추고 있다.

실내에는 아마네 말고 아무도 없고, 유달리 거칠어진 자신의 숨소리 말고는 아무것도 들리지 않는다.

숨을 크게 들이마셨다가 내쉬면서 호흡을 고르고 시계를 보니 깜빡 졸기 시작한 시점에서 한 시간 정도 지났다. 선잠을 잤다고는 해도 그럭저럭 오래 잔 셈인데도 피로가 조금도 풀리지 않은 것은 악몽을 꾼 탓이리라.

몸과 마음의 피로로 봐서는 다시 잠들 수 있겠지만, 잠을 잘 기분이 확 달아나고 말았다.

(세수하고 정신을 차리자.)

흐르는 물이 마음속 응어리를 깨끗하게 씻어 주기를 빌면서, 아마네는 세면장으로 갔다.

"아마네 군, 얼굴색이 안 좋아요."

결국 얼굴은 시원해졌지만, 마음속에 낀 안개가 걷히는 일은 없었다.

그래도 조금은 멀쩡해졌고, 또한 마음속 깊숙이 밀어넣은 것이 잊힐 때까지 기다리자는 결론을 내렸다.

그런고로 마히루에게 변화를 들키지 않도록 어떻게든 얼굴에 드러내지 않으려고 했는데, 통찰력이 좋은 마히루에게 들키고 말았다.

치토세와 하교 후에 딴 길로 샜다가 집에 찾아온 마히루는 저녁 후 마음이 정리된 타이밍을 노린 것처럼 아마네의 얼굴을 보고 말했다.

"몸이 안 좋나요?"

"아니야. 그런 건 아니고…… 아, 뭐라고 할까. 낮잠을 잤는데 꿈자리가 사나웠어."

"뭔가 불쾌한 꿈이라도 꿨나요?"
"뭐, 그런 셈이야. 다만 딱히 심각한 꿈은 아니었으니까 걱정하지 마."
속내를 떠보는 듯한 시선에 고개를 슬쩍 가로젓고, 얇은 가면을 얼굴에 쓴다.
마히루는 총명하다. 건드리는 것을 꺼리는 일에는 파고들지 않는다. 마히루가 지금 말하지 않는다는 것을 알면 물러날 사람이다.
아마네도 벽을 만들 만큼 마히루와 거리감이 있는 것은 아니다. 마음속에 연약한 부분을 갑자기 건드리면 밀쳐내서 마음이 상할 것 같으니까 얇은 막을 하나 두고 대하기로 한 것이다. 그렇게 하면 마히루가 억지로 건드리려고 들지 않는다고 아니까.
아마네가 말하지 않을 거라고 짐작한 마히루는 화내거나 슬퍼하거나 곤란한 기색을 드러내지 않고 그저 가만히 아마네를 쳐다봤다.
맑고 고운 캐러멜색 눈동자로 바라보면 왠지 불편하지만, 마히루는 아마네의 마음을 아랑곳하지 않는 기색으로 쳐다보고 있었다.
"왜?"
"아뇨. 아마네 군의 머리카락은 만지면 참 좋을 것 같아서요."
"뭐?"
무슨 소리를 할까 긴장했는데, 갑자기 이상한 소리를 해서 무심코 눈을 휘둥그레 떴다.

뭔가 물어볼 줄 알았는데 딱 봐도 관계가 없는 머리카락 이야기가 나와서 아마네가 당혹스러워하는데, 마히루는 평소와 똑같은 얼굴로 아마네의 머리카락을 보고 있었다.

"만져도 되나요?"

"갑자기 무슨 소리야……. 그야 마음대로 만져도 되지만."

"그런가요. 그러면 이리 오세요."

그렇게 말하고 소파 구석으로 이동해서 본인의 다리를 탁탁 두드리는 마히루를 보고, 아마네는 다시 "뭐?"라고 대꾸했다.

무슨 뜻인지 모르겠다.

"만지기 쉬운 자세를 잡아야 하니까 머리를 올려 주세요."

"아니, 그건 좀."

노골적으로 이상한 제안을 듣고 고개를 도리도리 젓는 아마네를, 마히루가 조용히 보고 있다.

아마네는 왜 뜬금없이 그런 소리를 들어야 하는지 혼란스럽다. 제안한 마히루가 너무 차분해서 아마네는 더더욱 혼란스러웠다.

"제 다리에 불만이 있나요?"

"아, 아니. 그런 건 아니지만."

못마땅하게 말하는 소리에도 고개를 가로젓는다.

좋아하는 여자애의 다리에 머리를 올릴 기회는 좀처럼 없다. 하늘에서 떨어진 행운이나 다름없다.

하지만 그것을 순순히 받아들일 수 있을지는 다른 차원의 문제다.

© Hanekoto

필시 죽도록 부끄러울 것이다. 아무리 다소의 신체 접촉이 있었다고 해도, 무릎베개는 차원이 다르다.

지난번 포옹은 긴급한 사안이었고, 마히루를 달래는 목적이 있었으니까 수치심을 심하게 느끼지는 않았지만, 이건 아니다.

"그러지 말고 이리 오세요."

"아, 아니지. 그건……."

"아마네 군."

"……네."

아무리 그래도 부끄러우니까 거절하려고 했으나 마히루가 미소를 지으면서 이름을 부르기만 해도 저항할 기력이 사라진 것은 필시 눈에 보이지 않는 압력이 흘러나왔기 때문이리라.

양보할 생각은 조금도 없어 보인다. 그 이전에 아마네의 저항을 완전히 꺾은 마히루는 아마네를 부르듯이 또다시 스커트 위로 다리를 탁탁 두드린다.

롱스커트라서 다행이라고 속으로 생각하면서, 조심스럽게 마히루의 다리에 머리를 올리듯 소파에 눕고 마히루의 몸에서 등을 돌리듯 몸을 틀자 부드러우면서 반발력이 있는 감촉이 들었다.

불필요한 지방이 없으면서도 여자애답게 부드럽고 가녀린 다리는 아마네의 체중에는 꺾이지 않는다고 말하고 싶은 듯 머리를 단단히 지탱하고 있다.

딱 좋은 높이도 그렇고, 마히루가 희미하게 풍기는 달달한 향기도 그렇고, 마음이 편해지는 체온도 그렇고, 모두가 아마네의 저항심을 다른 의미로 깎아내고 있었다.

더군다나 위에서 내려온 손이 아마네의 뺨을 부드럽게 어루만지니까 더더욱 힘이 풀린다.

"내가 이대로 나쁜 짓을 하면 어쩌려고 그러는데."

어떻게든 저항하려고 톡 쏘아붙이자 희미하게 웃는 소리가 들린다.

"벌떡 일어나서 그대로 밟아 줄까요?"

"죄송합니다."

요새는 줄어든 독설을 오래간만에 들어서 왠지 그리운 느낌이 들면서도 그 무시무시한 내용에 곧바로 사죄했는데, 마히루는 아마네의 반응을 보고 이상하다는 듯이 웃고 있다.

"그야 아마네 군은 그러지 않을 테지만요. 그럴 배짱도 없고, 기운도 없어 보이니까요."

아무렇지도 않게 배짱이 없다는 말을 들어서 속이 복잡하지만, 실제로 마히루가 싫어할 것을 생각하면 그럴 용기가 생기지 않으므로 그 지적은 올바르다.

"기운이 없으면 없는 대로 제가 편하게 내버려 두세요. 저도 얌전히 있어 줘야 만지기 편해요."

부드럽게 속삭이고 아마네의 검은 머리칼을 하얀 손가락으로 어루만지는 마히루에게, 아마네는 입도 뻥긋하지 못하고 입술을 굳게 다물었다.

(아마도 신경을 써 준 거겠지…….)

마히루가 나름대로 기운을 북돋아 주려는 것이리라.

아마네의 스트레스를 알아채고 기분을 풀어 주려는 것이다.

어째서 무릎베개로 기분을 풀어 주려는 것인지 그 발상은 아리송하지만, 실제로 마히루의 무릎베개로 마음이 편해지고 푸근한 것은 사실이니까 불평할 수 없다.

지금의 아마네는 마음이 조금 지친 탓인지 생각했던 것보다 심장이 쿵쿵 뛰지 않는다.

그저 잠에 취한 듯한 편안함이 계속해서 몸에 스며든다. 머리카락을 부드럽게 쓸어 주는 것이 이토록 마음을 편안하게 해 준다고는 미처 생각하지 못했다.

이런 식으로 남에게 몸을 맡긴 것도 오랜만이어서, 어쩌면 좋을지도 모르는 채 행복과 만족의 바다에 쑥쑥 빨려든다.

이대로 가다간 잠들겠다고 생각할 만큼, 마음이 온통 평화로웠다.

"그나저나 여자가 무릎베개를 제공해 주는데 감상도 하나 말하지 않는 남자는 그래도 괜찮은 걸까요?"

졸음이 희미하게 온몸을 감싼 차에 그런 소리가 들려서, 단숨에 정신이 번쩍 들면서 무심코 기침할 뻔했다.

"저, 저기 말이야."

"치토세 양한테 남자가 지쳤을 때는 무릎베개를 해 주면 행복해서 피로도 회복된다고 들었는데요."

그 말을 듣고 이것이 치토세가 이상하게 조언한 탓이라고 깨달았지만, 따지고 보면 완전히 이상한 것도 아닌 데다가 오히려 보상을 받은 셈이라는 점에서 차마 치토세를 원망할 수도 없다.

손가락으로 아마네의 볼을 콕콕 찌르는 마히루에게 뭐라고 대답해야 좋을지, 자연스럽게 입술에 힘이 들어간다.

솔직히 진짜 행복해서 매일 해 줬으면 싶다. 그 말을 입 밖에 꺼냈다간 황당해하거나 질색하거나 둘 중 하나일 테니까 말하지 않겠지만.

속내를 밝힐 수는 없지만, 그렇다고 해서 칭찬하지 않을 수도 없다.

마음을 달래 주었기도 하고, 여자애의 다리를 독점한 것도 있으니까 농담으로도 불편했다고 말할 수는 없다.

그러나 섣불리 솔직하게 말했다간 마히루가 질색할 게 뻔하니 아마네는 고심한 끝에 표현을 순화한 칭찬을 말하기로 했다.

"정말 좋았어. 하지만 아무한테나 하지 마."

"남한테 처음 하는 건데 아무한테나 하지 말라고 해도 곤란한데요."

처음이라는 말에 무의식중에 심장이 뛸 뻔했지만, 잘 생각해 보지 않더라도 마히루는 남자를 근처에 잘 두려고 하지 않는 데다가 신체 접촉은 아예 생각하지도 않는 성격이라서 당연히 아마네한테 처음 하는 거겠지.

그런데도 해 주는 정도로는 신뢰한다고 생각하니 저절로 가슴과 얼굴이 뜨겁게 달아오르지만, 마히루는 아마네의 낌새를 알아차리는 기색도 없이 만족스럽게 머리카락을 손으로 어루만진다.

"그야 제가 멋대로 하는 일이니까 아마네 군은 얌전히 만끽하면 돼요. 저는 그냥 머리카락을 감상하는 거니까요."

"그런 거냐."

요컨대 자기가 멋대로 하는 일이니까 신경 쓰지 말라는 뜻이겠지. 어디까지나 자기 마음대로 하는 일이라고 말해서 거북함을 느끼지 않게 하려는 배려에 속이 근질거리면서도, 아마네는 마히루의 말을 곱게 받아들이기로 했다.

"아마네 군은 올해 학급 배치를 어떻게 생각해요?"

잠시 말없이 아마네의 머리카락을 가지고 놀던 마히루가 문득 그런 질문을 했다.

"음. 설마 같은 반이 될 줄은 몰랐어."

사이좋은 누군가와 같은 반이 되면 안심하고 지낼 수 있겠다. 그렇게 생각한 적은 있지만, 다 같은 반이 될 줄은 몰랐다.

"후후. 아마네 군이 깜짝 놀란 얼굴이 재밌었어요."

"저기 말이야……. 그야 깜짝 놀라지. 경계도 해야 하고."

"경계해요?"

"너한테 편하게 말을 걸거나 친한 척하지 않게 거리를 둬야 하니까."

아는 사람이 있어서 마음이 편해진 한편, 마히루가 있으니까 접할 때도 조심해야 한다. 기본적으로 말을 걸 생각은 없지만, 실수로 친하게 대했다간 대형 참사에 말려들 것이다.

아마네는 학교에서 섣불리 마히루와 가까운 사이가 되려고 생각하지 않는다.

아마네 자신은 그저 집에서 함께 지내는 걸로 족하다고 본다. 굳이 남자의 태반을 적으로 만들고 싶지는 않다.

남들에게 이 관계를 알리고 싶지도 않으니까 말을 걸 생각은 없다. 남처럼 지낼 작정이다.

그 점은 마히루도 이해해 주겠지. 그렇게 생각하고 눈을 감았는데── 볼을 꾹 꼬집혔다.

"왜 그러는데?"

"아뇨. 딱히 이유는 없어요. 이유는 알아도 감정이 가만히 있는 것을 용납하지 않아서요."

"그게 무슨 소리람……."

아무래도 조금 토라진 것 같은데, 아마네로서는 어떻게 할 도리가 없다.

아마도 마히루는 학교에서도 아마네에게 말을 걸고 싶은 것이리라. 마히루의 약한 부분을 아는 아마네가 있으면 안심할 수 있겠지만, 그랬다간 아마네가 곤란하다.

예를 들어 아마네가 이츠키만큼 친근감이 있고 얼굴도 반반하면 당당하게 이야기할 수 있을지도 모른다.

그러나 아마네는 이츠키처럼 성격이 밝고 사람들의 호감을 사는 남자가 아니다. 뭔가 뛰어난 장점이 있는 것도 아니다.

아마네와 마히루 사이에 우정이 있더라도, 주위에서 그것을 인정할지 어떨지는 또 다른 문제다.

천사님은 이래야 한다고, 이런 사람은 어울리지 않는다고 단정해서 아마네를 배척하는 사람이 생길 것은 상상하기 쉽다.

혼자 지내는 것은 익숙하지만, 주위에서 적대하는 것은 싫다.

"지금은 그렇게 알고 넘어갈게요."

"지금은 그러겠다는 점이 마음에 걸리지만, 그렇게 해."

"집에서는 평소처럼 지내 주세요."

"그래야지. 그나저나 평소처럼 지낸다면 무릎베개는 그만두는 게 좋을 텐데."

"이건 예외예요."

이해할 수 없는 예외 발언을 한 마히루가 계속해서 아마네의 머리카락을 만진다. 그보다도 동물 털을 감상하는 듯한 분위기를 내는 장난이라서, 아마네는 더 말했다간 마히루가 또 토라질 것 같다는 생각에 입을 다물었다.

입만 다물고 있으면 최고로 기분 좋은 느낌을 주니까, 이번에는 얌전히 만끽해야겠지.

말없이 순순히 받아들이는 아마네를 보고 기분이 좋아졌는지, 마히루가 아까보다 부드럽게 머리카락을 쓸기 시작한다.

그 손길은 부드럽고 자애로워서, 왠지 조금 부끄러우면서도 이를 웃돌 만큼 편한 마음과 스며드는 행복이 몸을 지배하는 바람에 아마네는 완전히 마히루의 뜻대로 놀아나고 있었다.

(이건 사람을 타락시키는 짓이야…….)

아마도 이대로 계속 가다간 금방 잠에 빠져들 만큼은 기분이 좋다. 사람을 타락시키는 마히루의 진가를 체험하고, 아마네는 나른함과 함께 마히루의 온기에 빠져들려고 눈을 감는다.

그것만으로 갑자기 잠기운이 쏟아지니까, 천사님표 무릎베개는 정말이지 무시무시하다.

이제 마히루의 배 쪽으로 돌아누우면 온기와 달달한 향기로 더욱 행복해질 수 있을까. 아무리 그래도 그렇게 했다간 돌아올 수 없을 것 같아서, 마히루를 등진 채로 간신히 버티고 있었다.

마히루가 아마네를 부드럽게 만질 때마다 늘어질 듯한 감각에 빠져서 조금 겁이 나지만, 저항할 수 없는 행복에 몸을 맡기고 만다.

"졸리나 보네요."

작게 속삭이는 소리가 들리지만, 이제는 눈을 뜰 기력이 없었다.

"괜찮아요. 꼭 깨워 줄게요. 편하게 잠들어 주세요."

자애롭고 나긋하게 속삭이는 목소리에 아마네는 더는 졸음을 쫓아내지 못하고, 그대로 몸을 감싸는 잠기운에 몸을 맡겼다.

무거워진 눈꺼풀을 떠 보니, 블라우스가 감싼 산봉우리와 그 너머에서 자애롭게 보는 마히루의 얼굴을 쳐다보는 자세로 있었다. 아마네는 벌떡 일어났다.

어느샌가 몸을 뒤척여서 천장 쪽으로 고개를 돌렸나 보다. 그 덕택에 잠에서 깰 때 자극적인 광경을 목격해서 심장이 이상하게 뛰고 있다.

"내가 얼마나 잤어?"

벌떡 일어난 아마네에게 놀란 듯 눈을 동그랗게 뜬 마히루는 아마네의 질문을 듣고 살포시 웃었다.

"한 시간 정도 잤어요. 잠든 얼굴이 귀여웠어요."

"빤히 보지 마."

"아마네 군이 할 말인가요."

불필요한 감상을 말하는 마히루를 타박하려고 했지만, 마히루에게 곧바로 논파당하고 말았다.

그 말대로 아마네는 마히루가 잠든 사이 몇 번인가 얼굴을 보거나 만진 적이 있으니까 남 말 할 처지가 아니리라.

"저만 방심한 모습을 보였으니까요. 아마네 군도 풀어질 필요가 있어요."

"마히루 넌 멋대로 풀어진 거니까…… 아효, 아힙히하."

"이 입이 방정맞게 떠드는 거군요?"

양쪽 볼을 부드럽게 붙잡히는 바람에 "헤효함히하."라고 솔직하게 사과한다.

"잘했어요. 정말이지 참."

아마네의 사죄에 마히루가 만족했는지, 볼을 쭉쭉 잡아당기는 것을 멈추고 부드럽게 만지작거린다. 결국 볼을 만지는 것에는 변함이 없지만, 아마네도 마히루의 볼을 잡은 적이 있으니까 말릴 수가 없다.

마히루보다 딱딱하고 잘 늘어나지도 않으니까 만져도 즐겁지 않을 텐데. 마히루는 즐겁게 웃으면서 아마네의 볼을 가지고 놀고, 다음에는 천천히 뺨을 어루만졌다.

"얼굴색이 좋아졌네요."

"그렇게 심했어?"

"아뇨. 그래도 매일 보니까 그 정도는 알 수 있어요. 아마네 군도 제가 뭘 참고 있으면 알잖아요?"

"그야 그렇지만."

"그러니까 그런 거예요."

그렇듯 대수롭지 않게 말한 마히루가 다시 아마네의 뺨을 어루만지고 짓궂게 웃는다.

"뭐든 힘든 일이 있으면 의지해 주셔야 하거든요? 당신이 저한테 그랬던 것처럼."

"노력해 볼게."

마히루가 슬며시 엄지와 중지, 약지로 볼을 붙잡았다.

더는 붙잡혀서 이상한 얼굴을 보이고 싶지 않아서 "아, 알았대도."라고 허겁지겁 대답하자 만족스럽게 "잘했어요."라고 고개를 끄덕인다.

"억지가 심하네."

"여자는 조금 억지를 쓸 때가 있는 법이에요. 애초에 저는 밖에서 얌전하니까, 이런 것도 아마네 군 말고는 보일 일이 없어서 문제가 없어요."

"문제가 많잖아."

오히려 그게 훨씬 위험하다. 즉, 아마네한테만 특별히 이러는 거라고 선언한 셈이니까.

마히루는 딱히 자신의 발언을 문제로 여기지 않는 듯, 부끄러움을 감추려고 뚱한 표정을 지은 아마네를 보고 웃었다. 아마네는 더욱 부끄러움을 감추고자 고개를 홱 돌리고 "이 바보가."라고 조용히 중얼거리기만 했다.

제2화 왕자님과의 접촉

마히루와 같은 반이 된다고 해서 아마네의 생활이 달라지는 것은 아니다.

학생답게 성실하게 수업을 듣고, 이츠키와 학교 식당에서 밥을 먹고, 방과 후에는 동아리 활동도 없으니까 집에 간다. 애초에 마히루와 엮일 일이 없었다. 당연한 거겠지만.

조금 달라진 것이 있다면, 1학년 때보다 유타와 대화할 기회가 많아진 정도이리라.

그래도 아마네가 먼저 말을 거는 게 아니라 유타가 스스럼없이 말을 거는 것이라서, 아마네는 망설이면서도 이를 받아들이고 있었다.

개학식 날에는 옛날 일이 잠깐 떠올라서 경계했지만, 유타와 아마네의 옛 지인은 다른 사람이다.

조금 긴장하지만, 그렇다고 유타를 멀리할 이유도 없다. 그리고 접해 본 바로는 밝고 솔직하고 마음씨 착한 소년 같았다. 애초에 이츠키가 보장한 바 있어서, 아마네가 우려할 성격은 아닌 게 확실하다.

2학년이 되어 학교에 다니고 일주일이 지나고 나니 가슴속의 아픔도 잠잠해졌다.

"너는 그래도 되겠어?"

아마네의 앞자리에 앉은 이츠키가 뭔가 떠올린 듯이 말했다.

현재는 식당에서 1학년 때처럼 밥을 먹고 있다.

참고로 치토세도 이 자리에 낄 때가 있지만, 오늘은 마히루와 같이 먹겠다고 했다. 공개적으로 마히루와 완전히 친해져서 조금 흐뭇한 느낌이 들었다.

"뭐가?"

"그 사람과 지금처럼 지내는 거."

"굳이 학교에서 이야기할 필요는 없잖아."

그 이전에 말을 걸었다간 십중팔구 주위에서 '얜 누구야?' 라고 볼 것이다.

수수하고 얌전한 부류에 속하는 아마네가 마히루와 대놓고 엮이는 것은 자살 행위다.

"아니, 상대는 이야기하고 싶어서 몸이 근질근질한 눈치던데."

"뭐, 그건 인정하겠어."

마히루 본인도 알아서 아마네를 시야에 두지 않으려고 하는 듯하지만, 가끔 이쪽을 보고 왠지 시무룩한 모습을 보일 때가 있다.

보는 눈이 없을 때는 그나마 낫지만, 치토세가 대신 이쪽을 보고 '이 겁쟁이' 라고 말하듯 볼 때는 왠지 속이 거북해진다.

"이제는 그때 그 모습으로 돌아갈 수밖에 없겠는걸."

"싫어. 귀찮아. 그렇게 잘난 모습도 아니야."

게다가 애초에 지금은 소문이 잠잠해졌지만, 머리를 정돈한 상태로 마히루와 함께 있는 것을 여러 번 목격당했다. 아마네= 소문이 난 그 남자라는 공식이 성립했다간 장차 아마네의 학교 생활에 지장이 생길 만큼 난리가 나겠지.

"너는 왜 꼭…… 적어도 인기가 생길 것 같은데 말이지."

"어딜 봐서?"

자신이 머리 모양을 조금 바꿨다고 갑자기 인기를 끌 것 같지는 않지만, 이츠키는 왠지 확신하는 눈치다.

"네 성격은 여자들이 남친으로 삼고 싶은 성격이라고 봐. 입은 조금 험해도 의외로 솔직하고, 여자를 소중히 여기는 부류야."

"그게 보통 아니야……?"

"그것도 못 하는 남자가 많다고 할까, 소중하게 여겨 줬으면 하는 여자 마음을 생각해서 소중하게 여기는 부류겠지. 너라면 자기만족이 아니라, 잘 보고 행동에 옮길 것 같은데."

"왜 그렇게 단언할 수 있는데."

"안 그랬으면 겉으로는 친근하면서 경계심이 무지 강할 것 같은 그 사람하고 친해질 리가 없잖아."

그렇게 말하면 부정할 수 없다.

끙. 입술을 깨물자 거보란 듯이 이츠키가 웃는다.

"그리고 한마디 해도 될까?"

"뭔데?"

"좋아하지도 않으면서 그렇게 소중하게 대할 리는 없겠구나 싶은데."

"말이 많아. 그러면 안 되냐?"

이미 태도로 다 알고 있을 테니까 숨길 수도 없어서, 툴툴대듯 대꾸하고 주문한 라멘을 후루룩 먹는다.

이츠키는 놀리는 게 아니라 정말로 그랬구나 싶은 눈치로 고개를 끄덕이며 감탄한 듯하다.

"나는 오히려 기쁘다고 할까. 소중히 여기고 싶은 사람이 생기는 건 좋은 일이야."

"그러냐."

"잘됐으면 좋겠다."

"나는 딱히…… 잘되지 않아도 상관없어. 그 아이가 행복해질 상대라면 내가 아니더라도 좋고."

물론 그 상대가 자신이었으면 하지만, 마히루가 모르는 다른 남자를 택해서 행복해진다면 축복해야겠지.

자신이 행복하게 해 주고 싶은 한편, 마히루가 행복해진다면 자신의 마음을 꾹 참는 것도 불사한다.

마히루는 행복해질 자격이 있다. 환경에 축복받지 못한 만큼, 많이 행복해져야 지금껏 한 노력에 보답받을 수 있으리라.

"겁쟁이 자식."

"시끄러워. 그야 나도. 아니, 내가 그렇게 해 줄 수만 있다면 그러고 싶지만."

"그렇다면 본인에게 마음을 전하면 되잖아."

"그걸 어떻게 말하냐, 이 바보야."

아직 이성으로서 좋아하는 것도 확실하지 않은 상태로는 마음을 고백할 수 없다.

애초에 마히루는 교제를 신중하게 보는 성격이니까, 일단 시험 삼아 혹은 노는 목적으로 어중간하게 교제하는 일은 절대로 없을 것이다.

마히루의 부모님 이야기로 봐서는, 마히루가 간단히 승낙할 리가 없다.

서로 장래를 약속할 각오와 감정이 없으면 교제로 발전하지 않을 거라고 보니까, 마음을 선불리 전할 수가 없다.

"정말이지…… 신중하다고 할까."

"말이 많아. 뭐가 어때서. 나는 나대로 그 아이가 좋아하게 행동할 거야."

"이걸 제삼자가 다 말하면 참 좋을 텐데……."

"뭘?"

"됐다……. 뭐, 잘해 봐. 나는 응원할게."

왠지 어이없다는 투로 응원해서, 아마네는 미간을 찡그리면서도 고맙게 받아들였다.

"어, 후지미야잖아? 별일도 다 있네."

방과 후에 게임센터에 들른 아마네가 동전 교환기에 지폐를 투입했을 때 귀에 익숙한 목소리가 들렸다.

동전을 지갑에 넣고 돌아보자 유타가 있었다. 아무래도 게임센터에 놀러 온 듯, 지갑을 한 손에 들고 아마네의 뒤에 서 있었다.

“카도와키? 너야말로. 동아리 활동은 어쩌고?”
“오늘은 쉬는 날이야. 매일 몸에 부담을 많이 주면 안 되니까.”
“그래?”
육상부의 에이스라도 연습에만 전념하는 것은 아니겠지. 휴식도 잘 취하고 있다는 뜻인가 보다.
동전 교환을 마치고 물러났더니 유타가 마찬가지로 동전 교환기에 지폐를 넣고 동전을 받아냈다.
2000엔만 딱 교환하고 지갑에 넣은 유타가 무심코 구경하던 아마네를 보고 웃었다.
“난 후지미야를 이런 데서 볼 줄 몰랐거든. 시끄러운 곳은 별로 좋아하지 않는 것 같으니까. 보고 깜짝 놀랐어.”
“게임센터 정도는 가. 돈을 낭비하고 싶진 않으니까 자주 오진 않지만.”
“흐응. 그렇다면 오늘은 무슨 일로 왔는데?”
“크레인 뽑기 게임을 하려고. 인형을 부탁받았다고 할까.”
부탁받았다고 할까, 치토세가 ‘이거랑 이걸 마히룽이 좋아할 것 같은걸~?’ 하고 게임센터 홈페이지에 있는 입고표를 보여줘서, 요새 묘하게 시무룩한 마히루에게 선물하려고 뽑으러 왔다.
게다가 예전에 치토세가 보낸 사진을 봐서는 집에 장식품이 별로 없어 보였다. 기왕이면 이렇게 귀여운 인형을 주고 싶고, 곰돌이 인형에게도 친구를 만들어 줘야겠지.
“인형을 뽑을 줄 알아?”

“의외로 잘해.”

이 게임센터는 집게팔이 잡는 힘이 좋아서, 경품의 무게 중심이나 배치, 집게의 힘이 걸리는 위치만 잘 이해하면 의외로 쑥쑥 뽑힌다.

초등학생 시절, 어머니 시호코에게 ‘이건 말이지. 여기를 집게로 잡으면 뽑혀. 이건 상표에 집게를 걸면 되겠네.’ 라고 여러모로 교육을 받은 덕택이리라.

어머니가 쓸데없이 다재다능한 모습을 보여서, 아마네도 이상한 기술과 지식을 습득했다.

유타가 의외라는 눈으로 보고 있어서 한번 보라는 느낌으로 함께 크레인 뽑기 게임 코너로 이동하고, 신상품 코너에 있는 토끼 인형이 수북하게 쌓인 기계에 대충 동전을 투입했다.

집게팔의 힘과 배치를 봐서는 동전 하나로 될 것 같다. 돈을 여러 번 써야 뽑히는 것도 있지만, 이 정도는 문제없이 뽑을 수 있다.

잘 모르겠지만 무언가의 캐릭터 상품 같은 토끼 인형의 머리와 몸통이 만나는 곳을 노려서 집게의 위치를 맞추고, 머리를 잘 붙잡아서 몸통은 늘어져도 머리로 붙들어서 고정한 상태로 올린다.

그리고 레버에서 손을 떼면 자동으로 상품을 꺼내는 곳에 떨어진다.

툭 떨어진 토끼 인형을 꺼내서 슬쩍 흔들어 보이자, 유타는 감탄한 듯이 “오.” 소리를 냈다.

"이 게임센터의 집게팔은 힘이 좋아. 점원도 친절해서 잘되지 않을 때 뽑는 법을 가르쳐 주기도 하니까 초심자에게 추천하는 곳이야."

"그래서 이츠키가 여기가 좋다고 한 건가."

유타는 "그랬군." 하고 감탄한 듯이 고개를 끄덕였다.

"이건 혹시 남한테 선물할 거야?"

"그래. 신세를 지고 있으니까, 평소의 고마움을 전하려고."

거짓말한 적은 없다.

줄 사람이 마히루라고 말하지 않았을 뿐이다. 신세를 진 건 사실이고, 평소에 고맙다고 느끼는 것도 사실이다.

그리고 단순히 인형들 사이에 있는 마히루도 참 귀엽겠다고, 조금 개인적인 욕심도 있다.

"후지미야는 꼼꼼한 남자니까. 하지만 왠지 알 것 같아."

"뭘 아는데?"

"아니, 그게 말이지. 후지미야는 센스도 있고 신사적이잖아. 은근슬쩍 남을 돕기도 하고."

"어쩌다 그런 거겠지."

"어쩌다 그런 거라도, 나는 도움을 받았으니까. 왜, 그때 그 비닐봉지라든지."

그때는 정말 고마웠다고 상쾌하게 웃으며 다시금 말하는 소리를 듣고, 왠지 낯부끄러운 느낌이 들었다.

딱히 대단한 일을 하진 않았지만, 유타는 아직 기억하고 있는 듯하다.

슈퍼의 비닐봉지는 자주 구하니까, 은혜를 베풀 생각은 없었는데.

"그러고 보니…… 카도와키는 밸런타인 때 그걸 다 먹었어?"

대놓고 고맙다는 소리를 들어서 낯부끄러워진 기분을 감추듯이 의문이 들었던 사실을 물어보자, 유타가 미묘하게 표정을 흐렸다.

"아…… 이건 비밀인데 말이지? 시중에서 파는 건 먹었어."

"수제 초콜릿은 안 먹은 거구나."

"수제는 좀, 뭐라고 할까……. 그야 진짜로 멀쩡하게 만드는 아이도 있는데 말이지."

"맛없다는 거야?"

"아니, 가끔 머리카락이나 딱 봐도 넣어서는 안 될 것이 나올 때가 있어."

"무슨 주술도 아니고……."

우연히 섞인 거라면 이해할 수 있지만. 유타의 낌새로 봐서는 자주 있는 일이고, 의도적으로 넣었다는 뜻이다.

신체의 일부를 넣으면 사이가 좋아진다는 미신이 옛날부터 있었던 것 같은데, 즉 그런 것이겠지. 그러나 먹는 사람은 도저히 참을 수 없을 것이다.

"간식 같은 것도 받기는 하는데 말이지……. 그런 일이 예전부터 종종 있어서 무섭거든. 그래서 손수 만든 것은 받지 않는다고 사전에 말하고 있어. 그래도 주는 사람은 마음만 받고 돌려줘. 시중에서 파는 것처럼 위장해서 넣는 것은, 미안하지만…… 좀.”

아무래도 자꾸 이물질이 들어가서 받지 않기로 했다는…… 애수를 자아내는 표정으로 맥없이 말하는 것을 듣고는 차마 동정하지 않을 수 없었다.

“인기남도 참 고생이 많네.”

“이런데도 질투를 받으니까 참 힘들다고 할까……. 나는 인기를 끌고 싶은 게 아니야. 이런 일을 당할 바에는 인기가 없어도 좋아.”

“절박하구나.”

“무섭잖아? 웃으면서 이상한 걸 넣은 과자나 먹을 것을 주는 여자는.”

지극히 당연한 말이라서, 아마네도 고개를 끄덕인다.

보통은 여자가 손수 만들었다는 것에 가치가 생기지만, 유타에게는 공포의 대상밖에 안 된다. 보기 드문 체험을 자주 한다는 점이 너무 불쌍하다.

“여자들한테 관심을 받지 않으려면 사귀는 상대를 구하는 게 가장 좋겠지만…… 그 아이가 괴롭힘을 당할까 무섭거든.”

“질투는 참 무섭구나…….”

“그러게 말이야…….”

아주 난처하다는 듯이 어깨를 축 늘어뜨린 유타는 심하게 피곤해 보였다.

너무나도 동정심을 자극하는 그 모습에, 아마네는 근처 크레인 뽑기 게임 기계의 대형 포테이토 스틱 과자 봉지를 뽑아서 떠넘겼다.

"그 뭐냐……. 나나 이츠키라도 괜찮다면 상담 정도는 들어줄 테니까. 먹고 기운 차려."

"고마워……. 힘들어……."

정말로 고민하는 유타를 보고, 인기가 많은 것도 편하거나 즐거운 일은 아니라고 실감했다.

아마네가 귀가하자 마히루가 소리를 듣고 맞이하러 나왔다.

오늘의 마히루는 앞치마를 걸치고 머리를 경단 모양으로 모아서 묶었다.

평소 요리할 때는 머리를 묶는데, 역시 여자는 다르다고 할까. 땋아서 모으거나 경단 모양으로 만들거나 해서 실용적이면서도 귀여움을 추구하고 있다.

먼저 와서 밥을 준비하고 있었던 듯한 마히루는 아마네가 집에 와서 조금 안도한 것처럼 미소를 지었다.

일단 늦어진다고 연락했지만, 마히루가 신경을 쓰게 한 것 같다. 그 뒤로 유타와 카페에서 가볍게 커피를 마시면서 푸념을 듣다가 늦어진 탓이리라.

"어서 와요, 아마네 군. 그 봉지는 뭐예요……?"

"게임센터에 들렀어. 뭐, 전리품이야."

토끼 말고도 더 뽑아서 큰 봉지에 가득 넣었으니까 마히루가 봐도 안에 많이 들었다는 걸 알겠지.

"참 많네요……?"

"학식 일일 정식의 두 끼 돈밖에 안 썼어."

"하아. 그래서 뭘 뽑아 왔나요?"

"나중에 말할게. 배고파."

지금 줘도 되지만, 기왕이면 천천히 반응을 살피고 싶어서 뒤로 미룬다.

게다가 배고픈 것도 사실이니까, 빨리 마히루가 차려 주는 밥을 먹고 싶었다.

"그러면 먼저 손을 씻고 옷을 갈아입고 오세요. 가글도 하고요. 그사이 밥을 내올게요."

"예입."

말하지 않아도 언제나 하는 일이지만, 이렇게 걱정해서 마음을 써 주는 게 기뻤다.

어머니 같다고 생각했지만 말하지는 않고, 시키는 대로 세면장에 갔다.

"그래서…… 뭘 그렇게 많이 뽑았나요?"

저녁 식사 후, 마히루는 궁금한지 소파 옆에 세워 둔 전리품 봉지를 슬쩍 보고 물어봤다.

"응? 인형인데?"

숨길 생각도 없으므로 봉지를 들어서 무릎 위에 올리고, 붙여 둔 테이프를 떼면서 대답한다.

"인형이요?"

"마히루, 좋아하잖아?"

"조, 좋아하지만요."

"마히루가 좋아할 게 은근 있어서 뽑았어. 받아."

오늘 제일가는 수확은 전에 선물한 곰돌이 인형과 크기가 비슷한 토끼 인형일 것이다.

덩치는 컸지만 한 방에 뽑은 것이 아마네로선 수수하게 자랑거리다.

털이 희고 눈이 동글동글한 토끼를 꺼내서 마히루의 무릎 위에 올린다.

무슨 캐릭터 상품인지는 잘 모르지만, 좌우지간 마히루가 좋아할 법한 것을 뽑았다. 그런데 마히루는 무릎에 둔 토끼를 가만히 보기만 했다.

"토끼는 별로야?"

"귀여워요……."

"다행이네."

평소 쿠션을 끌어안듯이 두 팔로 꼭 안고 얼굴을 문대는 마히루를 보고 잠깐 스마트폰을 꺼내려고 하다가 그만뒀다.

해맑게 웃는 얼굴을 머릿속 카메라에 저장하고 아직 불룩한 봉지에서 다른 인형을 꺼낸다.

"더 있어. 고양이도 있고, 강아지도 있고."

그 게임센터는 다른 곳에 비해 집게의 힘이 좋아서 아마네의 적은 예산으로도 어지간한 것은 다 뽑을 수 있다. 그래서 마히루가 좋아할 것을 쏙쏙 뽑을 수 있었다.

왠지 마히루 같은 느낌이 나는 베이지색&흰색 털 고양이 인형과 시바견처럼 생긴 동네 마스코트 캐릭터의 인형을 추가로 올려놓자 당혹스러워하는 기색이 훤히 보였다.

“저, 저기, 이렇게 많이……?”

“거추장스러워?”

“아뇨. 그렇지 않아요! 방을 꾸미는 물건도 없고, 귀여워서 기뻐요.”

“그렇다면 다행이고.”

인형들에게 둘러싸인 모습은 상상했던 것처럼 귀엽다.

지금은 토끼를 끌어안고 있는데, 다음에는 뭘 안을까 고양이와 강아지를 번갈아 보고 들뜬 상태다.

그런 마히루가 참 보기 좋아서 웃음을 띠고 구경했더니 시선을 눈치챈 듯 얼굴을 붉히고 토끼로 얼굴을 반쯤 감췄다.

토끼가 하얘서 빨개진 마히루의 얼굴이 한눈에 잘 보인다.

토끼 귀 사이로 보이는 눈이 촉촉해서 묘하게 색기와 귀여움을 자아내니까, 아마네는 역시 지긋이 바라보고 만다.

마침내 더 참을 수 없는지, 옆에 있는 아마네의 팔뚝에 이마를 대고 얼굴을 감췄다. 아니, 화풀이하듯 머리를 박는다.

박치기 느낌이 아니라 그냥 툭 대는 정도라서 전혀 아프지 않지만.

“이상하게 웃지 마세요.”

“안 웃었어.”

“아니에요. 웃었어요. 애 같다고 웃는 거예요.”

“그렇게 웃은 거 아니야. 귀여워 보여서 그랬어.”

"웃은 거 맞잖아요."

"아차."

들켰다는 식으로 장난치듯 웃자 이번에는 마히루가 다리를 찰싹 때렸다. 좌우지간 달래려고 머리를 한 번 쓰다듬었다.

이걸로 얌전해진 마히루를 보고 이번에는 들키지 않게 웃었다.

"얼버무리려는 것 같아요."

"기분 탓이야."

"오늘은 그냥 넘어가 주겠지만요."

마히루는 못마땅한 듯이 중얼거리고 머리를 쓰다듬게 두는데, 표정과 말이 일치하지 않다는 사실은 굳이 말하지 않았다.

마히루의 무릎 위에 올린 고양이와 품에 안긴 토끼를 보고 토끼와 고양이를 반반씩 섞은 것 같다고 속으로 생각하면서 한동안 머리를 쓰다듬었더니, 마히루가 고개를 들었다.

상기한 뺨은 여전했지만, 눈에는 아까와 다르게 못마땅한 기색이 보였다.

"저는 아마네 군한테 받기만 해요."

아무래도 받은 선물이 많아서 걱정하기 시작한 듯하다.

"내 맘대로 준 거니까 걱정하지 마."

"하지만 저는 아마네 군한테 항상 받기만 해요. 선물도, 배려도, 포근한 분위기도, 전부."

"내가 주고 싶어서 주는 거니까, 딱히 네가 신경을 쓸 일은 아니야."

딱히 대가를 바라고 주는 게 아니고, 그저 마히루가 기뻐하니까 주는 것이다.

이러면 마치 마히루의 기쁨이 대가 같지만, 결국 자기만족에 주고 싶어서 주는 거니까, 본인이 신경 쓸 일은 아니다.

그래도 마히루는 받기만 해서 마음이 아픈 듯하다.

오히려 아마네는 마히루가 이것저것 다 챙겨 주니까, 받은 은혜를 생각하면 이것으로도 모자란다고 보지만.

"저도 뭔가 보답하고 싶어요."

"완고하네……. 그래도 그렇게 마음에 걸리면, 하나 정도는 받을까."

"제가 줄 수 있는 거라면 뭐든지 상관없어요."

정말로 말하면 뭐든 줄 것 같아서 조금 위태롭지만, 아무리 그래도 부담을 주는 일을 부탁할 수는 없겠지.

그렇다고 해서 부탁하지 않으면 마히루가 시무룩할 것이다.

"푸딩을 만들어 줘."

그래서 아마네는 기쁘고 마히루에게는 부담이 안 가는 일을 부탁했다.

"푸딩을…… 만들어 달라고요?"

"달걀을 듬뿍 쓴 푸딩. 마히루가 만들어 준 걸 먹고 싶은데."

"싸게 넘어가려는 거 아니나요……?"

"그럴 리가. 마히루가 만들어 주는 거니까 의미가 있어."

단것을 찾아서 먹지는 않지만, 커스터드는 별개다.

푸딩이나 커스터드 크림만 넣은 슈크림은 좋아하니까, 마히루가 손수 만든다면 맛있게 완성되겠지.

좋아하는 여자애가 만든, 그것도 요리를 잘하는 사람이 만들면 당연히 먹고 싶어지는 법이다.

진지하게 부탁했더니 마히루가 가만히 아마네를 쳐다본 다음 고개를 끄덕였다.

"그러면 이번 휴일에 만들게요. 달걀을 듬뿍, 단단히 말이죠?"

"응."

"맛있게, 만들어 볼게요."

"그렇게 힘을 줄 필요는 없는데 말이지."

"제가 하고 싶어서 하는 거예요."

"그렇군."

왠지 쓸데없이 의욕이 넘치는 마히루가 결의를 표명해서, '너무 애쓰지 않아도 되는데.' 라고 생각하면서도 맛있는 푸딩을 먹을 수 있으니 더 따지지 않는다.

잘해 보라는 응원을 담아서 머리를 다시 쓰다듬자, 마히루가 살포시 웃고 토끼 뒤통수에 입가를 댔다.

세간에서 잘 팔리는 생크림이 많고 말랑말랑한 푸딩도 맛있지만, 역시 아마네가 가장 좋아하는 것은 달걀을 많이 쓰고 단단해서 스푼을 써도 모양이 흐트러지지 않는 푸딩이다.

달걀 본연의 맛을 잘 남기면서도 생크림의 진한 느낌을 갖춘 푸딩은, 조금 달면서도 씁쓸한 캐러멜 덕분에 너무 느끼하지 않은 선에서 달달함을 잘 정리한다.

오히려 뒷맛이 깔끔해서 계속해서 입에 퍼 나르고 말 정도의 매력이 있다.

단것을 잘 먹지 않는 아마네도 마히루가 손수 만든 푸딩은 정신없이 먹을 정도라서, 눈 깜짝할 사이에 접시에서 푸딩이 자취를 감췄다.

"하, 맛있어."

"칭찬해 주셔서 영광이에요."

점심 식후 디저트로 나왔는데, 게 눈 감추듯 해치우고 말았다. 하나로는 부족하니까 두 개.

남고생치고 아마네는 식욕이 왕성하지 않은 편인데, 역시 마히루가 손수 만든 디저트는 들어가는 배가 따로 있었다.

먹은 양보다 더 큰 만족을 느끼고, 아마네는 기분 좋게 배를 만졌다.

"너는 뭐든 다 만들 줄 아네."

"어지간한 것은 만들 수 있게 교육을 받았으니까요."

마히루는 자랑할 것도 없다는 투로 말하지만, 실제로 요리의 종류가 풍부해서 가끔 아마네가 모르는 요리가 튀어나올 때가 있다.

물론 맛있고 물리지 않는다. 마히루 같은 존재가 곁에서 자신을 위해 요리해 준다는 것은 매우 행복한 일이겠지.

"역시나 대단하다고 할까. 덕분에 나는 행복하지만."

"행복하나요……?"

"그야 당연하지. 맛있는 걸 매일 먹는데 불행할 리가 없잖아. 하루하루가 기대되는걸."

마히루의 요리가 하루하루의 즐거움을 거의 차지해서, 하루를 마치고 마히루의 요리를 먹으면 싫은 기억도 대부분 잊는다.

매일 요리해 준다는 것 자체가 행복해서 매번 행복을 곱씹으면서 먹는데, 마히루는 자신의 요리가 얼마나 가치가 있는지 잘 모르는 것이리라.

전에도 마히루의 요리를 가리켜 행복한 맛이 난다고 말한 적이 있는데도 마히루 본인은 잘 모르는 눈치여서, 아마네가 절찬하지 않으면 가치를 이해하지 못할 것 같다.

게다가 맛있을 때는 맛있다고 말하는 것이 만들어 준 사람에게 바치는 예의이므로 솔직하게 전달해야 하리라.

"그, 그래요……?"

대놓고 칭찬하니 마히루가 볼을 살짝 붉히고 몸을 움츠렸다.

"아마네 군이 칭찬해 줘서 기뻐요……."

"나라도 좋으면 얼마든지 칭찬할 테지만 말이야. 매일 맛있다고만 하면 부족해? 더 자세하게 감상을 말해 주길 바란다면 반드시 그럴 텐데."

세상의 부부들은 서로에게 고마움을 잊는 순간부터 사이가 멀어진다고 한다.

딱히 마히루와 부부인 것도 아니지만, 매일 요리를 받아먹는 처지로서 감사의 마음을 잊어선 안 되고, 감상을 말하면 의욕으로 이어질 테니까 바란다면 자세하게 말할 작정이다.

다만, 마히루는 고개를 절레절레 저어서 거부 의사를 밝히고 있다.

"돼, 됐어요……. 그러다 죽어요."
"허풍이 심하네."
"허풍이 아니에요. 지금도 충분해요."
"그래? 하지만 앞으로도 매일 만들어 줄 거라면 감사의 말은 빼먹고 싶지 않은데. 매번 고마워."
정말로 마히루가 아마네의 식생활을 떠받치고 있으니까, 반항할 수도 없고 감히 발을 뻗고 잘 수도 없다. 마히루 님 만만세다.
마히루가 없으면 아마네는 타락한 인간으로 직행할 테니까 앞으로도 부디, 굳이 욕심을 말하자면 계속 곁에 있기를 바란다.
참 고마운 일이라고 말하며 웃자, 마히루가 매너 모드인 스마트폰에 진동이 울리는 것처럼 몸을 부르르 떨고 일어섰다.
"아마네 군은 바보예요……."
영문도 모르게 바보라고 귀엽게 매도하고 식기를 챙겨 설거지하러 가서, 아마네도 뒤따르듯 자신이 쓴 식기를 싱크대로 가져갔다.
갑작스러운 일이라 고개를 갸우뚱하면서, 뒷정리는 아마네가 할 일이니까 안 해도 된다는 의미로 팔을 살짝 붙잡자, 마히루가 홱 돌아봤다.
아까보다 훨씬 빨개진 얼굴로 아마네를 돌아본 마히루가 얼굴을 더 붉혀서 왠지 마음이 차분해지지 않았다.
"내, 내가 할게. 너는 소파에서 기다려. 알았지?"
머리를 거칠게 쓰다듬고 주방에서 몰아내자, 마히루는 작게 신음하면서 소파에 돌격해서 몸을 내던졌다.

아마네는 평소 차분한 마히루답지 않은 행동을 보고 눈을 한 차례 껌벅였다.

그러고 나서 아까 부끄러운 듯 수줍음이 가득한 얼굴을 떠올리고, 아마네는 머리를 식히기 위해서라도 찬물로 설거지하기로 마음먹었다.

제3화 천사님과 바라지 않는 강요

천사님이라고 거창한 별명이 붙은 마히루. 하지만 그 온화함과 겸허함, 마음씨 착한 성격과 문무를 겸비한 우수함, 나아가 빼어난 미모는 그야말로 천사로 부르기에 합당해서 당연히 인기가 많다.

1학년 때는 학년을 가리지 않고 여러 남자가 고백한 것을 모두 찼다고 본인이 자랑하는 기색도 없이 난처한 투로 말했었다.

마히루는 잘 알지도 못하는 사람이 호의를 보이고 교제를 신청하는 것이 무섭기만 하다고 한다.

그런 마히루도, 완고하게 고개를 끄덕이지 않은 것도 있어서 반년쯤 지나서는 고백 열풍도 진정됐다고 한다. 아마네와 교류할 적에는 호의를 보이는 일이 있어도 고백하는 일은 줄었다고 들었다.

다만 줄어들었을 뿐, 있기는 있다는 사실을 아마네는 새삼스럽게 깨달았다.

"나랑 사귀자."

방과 후, 도서실에 빌린 책을 반납하러 갔을 때 생긴 일이다.

도서실은 교실이 있는 제1동이 아니라 제2동에 있어서 연결 통로로 이동해야 한다.

제2동은 기본적으로 수업과 관계가 있는 교실이 모인 곳으로, 방과 후에는 인기척이 뜸해서 고작해야 문화 동아리 학생이 동아리방에 갈 때 지나는 정도다.

그래서 오가는 사람이 적은데, 조용해서 그 목소리가 더욱 잘 들렸다.

2층 연결 통로를 걷다가 1층에서 그런 소리가 들려서, 아마네는 발소리를 죽이면서 걸음을 빨리한다.

다른 사람의 연애 사정에 참견해서는 안 된다.

사적인 일이고, 애초에 남이 반하든 사랑에 빠지든 별로 관심이 없다.

"미안하지만 교제 요청은 거절하겠어요."

몰래 엿보는 것도 미안하니까 얼른 자리를 떠야 하리라. 그렇게 생각하고 소리 없이 걷는데, 몹시 귀에 익은 목소리가 들려서 무의식중에 몸이 급정지했다.

부드럽게 스며들듯 듣기 편한 그 목소리는 평소보다 조금 딱딱한 느낌이 났다.

안 된다고 알면서도 무심코 창가에 몸을 바짝 대고 만다.

1층에는 마히루와 동급생으로 보이는 남학생이 있었다. 다행히 두 사람 모두 아마네를 알아차리진 못한 듯하다.

남학생은 이쪽에서 뒷모습만 보여서 표정이 안 보이지만, 마히루는 고요한 얼굴로 상대를 보고 있다.

항상 천사님으로 불리는 고운 얼굴을 조금 미안한 기색으로 흐린 것은 교제를 받아들일 생각이 조금도 없기 때문이리라.

"왜……."

"저는 당신을 잘 몰라요. 매우 미안하지만, 교제를 원해도 응하기 어려워요."

"사귀고 나서 친해지면 되잖아."

"저에게 남녀 교제란 좋아하는 사람들끼리 하는 거예요. 신뢰관계를 만든 다음에 서로 동의해서 사귀는 거겠죠. 시험 삼아 사귀는 것은 피차 실례가 되는 일이고, 제 주관에 어긋나요."

그 가정환경을 생각해 보면 좋아하지도 않는데 사귀자는 것은 마히루의 지뢰를 밟는 행위겠지.

애초에 마히루는 남자가 호의를 보이는 것 자체를 불편하게 여기니까 교제를 요청해도 고개를 끄덕일 리가 없다. 잘 알지도 못하는 타인이라면 더욱 거절한다.

부드럽게 말하면서도 단호하게 거절한 마히루가 더 말할 것은 없다는 듯 머리를 숙인 다음 발걸음을 돌리려고 하는데…… 남학생이 마히루의 손을 잡았다.

그 탓에 작게 "꺄악." 하고 귀여운 소리를 낸 마히루는 뒤돌아서 난처한 듯 눈꼬리를 내리고 있었다. 손을 잡혀서 아파 보이기도 했다.

"저기, 이러면 곤란한데요."

"미안해. 그래도 포기할 수 없어."

"그래도 저는 당신과 사귈 생각이 없어요. 놔주시겠어요?"

이번에는 다소 강하게 말하지만, 어디까지나 천사님 수준이다.

난폭해서 손을 뿌리치는 행동에는 이르지 않았어도 다소 불편한 기색을 보이는 마히루에게, 남학생이 손을 잡아당기면서 계속해서 말하려고 했다.

마히루는 상대가 뭘 할지 경계하면서 조금 겁먹고 움츠러든 것처럼 눈꼬리를 내려서, 이대로 둬서는 안 되겠다고 생각한 아마네는 미간을 찡그리고 반쯤 열린 창문에 손을 댔다.

"억지로 마음을 고백해서 자기 뜻대로 만들려고 하는데, 호의적으로 봐줄 리가 없잖아."

일부러 두 사람에게 들릴 목소리로 말하고 창가에 팔을 슬쩍 걸친다.

두 사람에게는 갑작스러운 난입자라서, 남학생이 홱 돌아봤다.

마히루는 목소리만 듣고도 누구인지 아는지 딱 봐도 안도하는 기색이어서, 상대의 힘이 풀린 틈을 타 남학생의 손에서 벗어나 거리를 벌렸다.

표정으로 봐서 정말로 난처한 것은 확실하고, 아마네가 아슬아슬하게 알아챌 정도로는 상대의 자기중심적 행동에 혐오감과 공포가 엿보인다.

(그야 무섭고, 싫겠지.)

자신의 마음을 전하는 행위가 역효과임을 이해하지 못하는 남학생에게 한심함과 짜증을 느끼면서, 아마네는 자신도 별로 좋지 않다고 잘 아는 눈초리로 상대를 매섭게 째려본다.

남학생이 알기 쉽게 얼굴을 굳혔다.

아마네는 딱히 아무 짓도 하지 않는다. 그저 마히루의 손을 잡았던 남학생을 가만히 볼 뿐이다.

본인이 아무것도 안 했다고 생각한다면 이 시선이 단순한 시선으로만 느껴질 것이다. 켕기는 짓을 하지 않았다면 말이지만.

"미안해. 들을 생각은 없었는데…… 그냥 지나가다가 왠지 싫어하는 것처럼 보여서, 나도 모르게 말이야. 그리고 시이나가 아픈 눈치였거든."

손을 슬쩍 흔들고 마히루의 반응을 말하자 남학생의 안색이 나빠진다.

"시이나, 정말 그래?"

"거칠게 잡아서 조금 아프고, 여자 몸을 허락도 없이 만지는 것은 예의에 어긋난다고 생각해요."

"그렇다는데? 조심하는 게 좋아."

마히루도 너무 자극하지 않는 선에서 싫은 반응을 보이며 어디까지나 담담하게 달래듯 말하자, 남학생은 입술을 꾹 다문 다음에 "미안해."라고 말한 뒤 뛰어갔다.

순순히 물러나 준 것에 다소 안심하면서 마히루에게 시선을 돌린다.

잡혔던 손을 가슴에 끌어안고 난처한 듯이 힘없이 희미하게 웃는 마히루를 보니 조금 가슴이 아프지만, 학교 안에서 섣불리 말을 걸어서는 안 된다.

그건 마히루도 잘 아는지, 고개를 꾸벅 숙이고 인사한 다음에 뒤돌아섰다.

그 작은 등이 평소보다 더 작게 보여서, 아마네는 걱정하듯이 멀어지는 뒷모습을 배웅할 수밖에 없었다.

"오늘은 고마웠어요."

귀가 후, 옷을 갈아입고 찾아온 마히루가 난처한 듯이 미소를 지으며 처음 한 말이다.

마히루도 뭔가 생각한 바가 있었는지 소파에 앉아 있는 아마네에게 조금 지친 기색으로 몸을 기댔다.

평소에는 단정한 자세로 앉는 일이 많으니까, 마히루도 많이 힘들었던 것이리라.

"솔직히 괜히 참견했나 싶었어."

"아뇨. 잘한 일이었어요. 말해도 놔주지 않았으니까요. 평소 제가 고백을 받아들이지 않는다고 잘 알려져서, 거절하면 이해한다는 듯이 의외로 순순히 물러나는 분이 많았지만요."

몇십 명이나 사랑을 고백했는지 모르겠지만, 꽤 많이 고백을 받은 것 같다. 하지만 마히루가 받아들이는 일은 없다. 만약 사귀는 사람이 있다면 이렇게 아마네와 단둘이 있는 일도 없겠지.

"마히루는 역시 인기가 많구나."

"그건 그러네요. 저는 기쁘지 않지만요."

아무렇지도 않게 인정하고 단호하게 의사를 표명하는 마히루. 정말 대단하다는 말밖에 할 수가 없다.

"호의를 보이는 것은 고맙지만요. 그래도 이렇게 불러내는 일이 많으면……."

조금 미안한 듯이 "예정이 있는데도 멋대로 시간을 내라고 해서 곤란해요."라고 말하는 마히루의 말에 역시 정기적으로 고백을 받는다는 사실을 깨닫는다.

아마네는 학교에서 마히루에게 너무 접근하려고 하지 않고, 마히루를 생각하면 저절로 눈이 가기 때문에 의도적으로 마히루를 너무 보지 않으려고 했다. 그래서 마히루를 불러내는 사람이 얼마나 많은지 몰랐다.

"마히루의 성격으로 봐선 예의 바르게 직접 보고 거절할 테니까."

"상대가 저를 진지하게 생각하고 마음을 전한다면 이 뜻에 따라서 거절하는 게 도리겠죠. 호출을 무시하거나 상대의 마음을 무시하면 예의에 어긋나니까요. 그야 모두가 진지한 것은 아니지만요."

"그래?"

"네. 뭔가 벌칙 게임으로 제가 거절할 것을 알면서 고백하는 사람도 있고, 제가 예쁘니까 곁에 두고 싶다는 감정이나 말을 드러내는 사람도 있어요. 그렇게 쉬운 여자가 된 적은 없는데 말이죠."

"그 자식들은 잘도 그런 감정으로 고백할 수 있네."

고백하려면 진지하게 마음을 전해야 한다는 고정 관념이 있는 아마네로선 이해할 수 없다. 전자도 조금 이상한 것 같고, 후자는 가벼운 마음으로 상대에게 교제를 요구하는 것이 예의에 어긋난다. 애초에 아마네는 그렇게 얄팍한 감정을 사랑으로 인정하지 않는다.

"저도 그런 사람들은 정중하게 거절하고 빨리 자리를 떠요. 근본적으로 받아들일 수 없으니까요."

있을 수 없는 일이라고 차갑게 말하는 마히루. 아마네는 처음으로 마히루가 집에 왔을 때 지뢰를 밟은 사실을 떠올리고 차마 입을 뗄 수가 없었다.

역시 마히루는 진지한 교제 말고는 있을 수 없다고 보는 듯하다.

아마네도 그러니까, 그때는 말이 그렇다고는 해도 무례한 소리를 했다고 반성하면서 마히루의 눈치를 살핀다.

예전처럼 차갑게 식은 눈은 아니어도 질린 기색과 경멸이 드러난 눈빛을 보고, 아마네는 그것이 자신을 향한 것이 아니라고 알면서도 몸이 조금 움츠러들었다.

"애초에 소박한 의문인데요……. 저는 잘 모르는 사람에게 고백을 받고 승낙할 만큼 가벼운 사람으로 보이나요?"

"그건 아니라고 보는데……."

"그렇다면 왜 가망도 없는 고백을 하는 걸까요. 잘 알지도 못하면서 승낙할 거라고 생각하는 게 신기한데요."

여러 번 고백을 받은 마히루가 "잘 모르는 사람이 쫓아와도 무섭기만 한데요."라고 난처한 듯이 중얼거린다.

"자신을 인식해 줬으면 좋겠다거나, 좋아하는 마음을 참을 수 없었다거나?"

"참을 수 없으니까 제 몸에 난폭하게 손대도 된다는 거예요?"

못마땅한 듯 기분이 나빠질 것 같은 마히루의 오해를 풀려고 단호하게 고개를 가로젓는다.

"아니야. 그건 다른 거고. 감정을 키우는 것은 나쁘다고 보지 않지만, 그걸 상대에게 강요하고 이기적으로 사랑을 요구해서는 안 되겠지. 그 자식의 행동을 감쌀 생각은 없고, 오히려 나도 화났어."

마히루가 매력이 있어서 고백하는 거니까, 그것 자체는 부정하지 않는다. 못마땅한 것은 아마네가 마히루를 좋아하기 때문이니까, 지극히 개인적인 감정이다.

다만 그 남학생이 마히루에게 억지를 부리려고 한 것은 긍정할 수 없다. 좋아한다는 면죄부를 써서 상대가 싫어하는 일을 하려고 한 시점에서 단순한 강요다.

이번에는 어쩌다가 아마네가 근처에 있어서 슬쩍 방해했지만, 아마네가 없었더라면 그대로 붙잡고 있었을 거라 생각하니 등골이 오싹했다. 마히루는 적으로 인식하면 자비가 없으므로 물리적으로 거부했을 테지만, 그래도 불쾌할 수밖에 없을 것이다.

"그런가요……."

"당연하지. 남자가 힘으로 강요하는 건 말도 안 돼. 무섭지 않았어?"

"조금 무서웠지만, 만약 해를 입히려고 했으면 온 힘을 다해 국부를 차려고 했어요."

역시 물리적으로 벌을 줄 생각이었던 것 같다.

마히루는 정말로 망설이지 않고 그럴 것이다. 추행을 당할 뻔했다면 주위 사람들도 마히루를 동정할 테니까, 뭐라고 불평할 수 없겠지.

"그 정도는 해도 되겠지. 듣는 내가 간담이 서늘해지지만."

"아마네 군에게는 그러지 않는걸요?"

"애초에 그렇게 당할 짓은 안 해."

그랬다간 확실하게 부모님이 집에서 쫓아낼 것이다. 아마네의 가치관으로 봐도 그럴 리가 없다. 여자에게 힘을 휘두르는 것은 남자도 아니다.

말도 안 되는 일이라고 부정할 생각이었는데, 마히루는 이상하게 어이없는 눈치였다.

"그렇겠죠. 아마네 군은 신사니까요."

"왜 나를 한심하게 보는데?"

"칭찬한 건데요?"

"눈빛이 영 그렇지 않은데."

"기분 탓이에요."

목소리와 눈빛 모두 칭찬과는 거리가 멀다. 오히려 불만이 느껴지고, 말과 태도가 너무 달라서 영문을 모르겠다.

왠지 모르게 마히루의 시선이 거북해서 눈을 이리저리 돌리자 못 말리겠다는 듯 마히루가 희미하게 웃는다.

"그야 아마네 군은 그래서 멋진 거니까요. 복잡한 부분이네요."

"뭐가 복잡한데……."

"저한테, 말이에요."

놀리듯이, 짓궂은 느낌으로 미소를 짓는 바람에 가슴이 뛰어서 무심코 눈을 돌렸는데, 마히루는 아마네의 낌새를 눈치채지 못하고 그대로 조금 몸을 기댔다.

아마네의 심장이 요란스럽게 뛰는 것도, 마히루는 모른다.

"이렇게 말하면 자신감이 너무 넘치는 것 같은데요. 인기가 많은 것도 탈이죠?"

그렇게 힘없이 중얼거리는 마히루는 정말로 난처한 것처럼 보인다.

"객관적으로 봐서 다른 사람보다 용모가 좋다는 걸 저도 알지만요. 이런 일이 많아서 참 곤란해요."

"고생이 많아 보이니까 말이지……."

"고생이 많아요. 같은 여자가 보면 복에 겨운 고민일 것 같지만요. 잘 모르는 사람이 고백해서 거절했더니 매달리고, 더군다나 몸을 붙잡거나 역정을 내는 일은 정말 사양하고 싶어요. 안 그래도 고백을 거절하는 것도 마음이 지치는데 말이에요. 거절할 때마다 저도 미안한걸요."

적으로 인식한 사람에게는 자비를 베풀지 않지만, 기본적으로 마히루는 선량하고 양식이 있는 인간이고, 본질을 보면 마음씨 고운 사람이라고 할 수 있다.

"제가 저로서 있는데 피해를 주려고 하다니, 웃기지도 않아요. 다른 누군가에게 소비되려고 제가 자신을 갈고닦는 건 아니에요."

질색하듯이 중얼거리는 마히루는 정말로 피곤한 눈치여서, 인기가 많은 사람은 그만큼 고생도 많음을 절실하게 느낀다.

아마네에게 들릴 정도로 한숨을 쉬는 마히루가 너무 힘들어 보여서, 아마네는 자연스럽게 마히루의 머리에 손을 뻗고 있었다.

억지로 그러는 게 아니라 조심스럽게 배려하듯 만지자 마히루가 순순히 받아들이듯 아마네의 손이 자유롭게 움직이게 둔다.

오늘 본 남학생과 다른 점은, 신뢰 관계의 유무이리라.

부드러운 머리카락이 엉키지 않게 조심스럽게 만지면 기분 좋게 눈을 희미하게 뜬다. 그게 고양이처럼 보이는 것은 마히루가 신뢰하는 사람에게만 애교를 보이는 기질이라서 그럴지도 모른다.

"'학교의 나' 는 제가 택한 모습이지만, 그렇다고 해서 제게 손을 내밀어도 곤란해요. 저는 제가 원하는 사람에게만 허락할 거예요. 마음대로 만지지 말았으면 좋겠어요."

마히루가 조금, 아니 매우 못마땅한 투로 말해서 무심코 손이 멈추고 말았다.

마히루는 지금 아마네의 손을 방치하고 있지만, 마음이 지쳐서 그런 거고 사실은 어쩔 수 없이 가만히 내버려 두는 게 아닐까. 한순간 그렇게 생각하고 말았다.

"왜 갑자기 멈추나요?"

"아니, 그게 있지……. 요새 주제도 모르고 멋대로 만진 잘못을 뉘우치고 있다고 할까."

"싫으면 처음부터 거부하니까 안심해 주세요."
"그, 그래?"
"더 만져도 되는데요?"
아마네의 얼굴을 들여다보고 부드럽게 입술을 오므리는 마히루는 눈에서 신뢰와 아주 작은 기대가 어른거려서, 아마네는 숨을 훅 삼켰다.
"그, 그 말은 즉……."
"농담한 거예요."
뭐라 대꾸하지 못하는 아마네를 놀리듯이 웃고 평소의 표정으로 돌아간 마히루가 눈을 내리뜬다.
"하지만 손은 잡아 주세요……. 오늘 붙잡혀서 기분이 조금 나쁘니까요."
정말 지친 듯, 난처한 투로 작게 중얼거려서, 아마네는 입술을 꾹 깨물고 마히루의 손을 잡았다.
작고, 가녀리고, 섬세한 손가락. 손가락을 만지면 부드러우면서도 단단하고, 희미하게 펜을 잡다가 생긴 굳은살이 있다. 그저 약하기만 한 손이 아니다.
그래도 남자에게 저항하려면 힘이 부족할 것이다.
뿌리치지 않은 건지, 뿌리치지 못한 건지. 그건 잘 모르겠지만, 마히루가 불안했던 것은 사실이다.
속에 움츠러든 두려움을 풀듯이 슬며시 어루만져서 주물러 주자 마히루가 조금 안심한 듯이 웃는다.
"신기하네요. 아마네 군이 만지면 마음이 편해지는데."

"그건 좀 처음에 보였던 경계심을 되찾아 줬으면 해."

이렇게 만져도 될까? 그런 의미로 마히루의 눈을 보니 아름다운 미소를 보여준다.

"어머, 지금 제가 불만인가요?"

"부, 불만이 있다는 건 아니고…… 그래도 되겠어?"

"애초에 싫었다면 이 집에 있지도 않고, 만지게 두지도 않아요. 무릎도 허락하지 않고요."

"무릎은 허락하지 말라고……."

"잘 만끽했으면서요?"

그렇게 말하면 아마네는 반박할 수 없다.

얼떨결에 마히루의 무릎 위에 머리를 올리고 푹 자고 말았으니까, 그만두라고 해도 설득력이 없다. 마히루가 먼저 말한 거지만, 결국 받아들인 건 아마네 자신이다.

그러므로 아마네는 미묘하게 눈을 돌리면서 "그건 그거고…… 이건 이거야."라고 대꾸하자 마히루가 이상하다는 듯이 웃었다.

"후후. 그 말은 편리해 보이니까 기억해 둘게요. 안심해 주세요. 피곤할 때는 언제든지 빌려줄게요."

"으엑, 사양할게……."

그랬다간 마히루와 떨어질 수 없다. 그토록 행복한 시간을 매번 받았다간 아마네는 확실하게 타락으로 직행할 것이다. 원래부터 건전한 사람이 아니었지만, 다른 방향으로 이성이 몽땅 타락해 버릴 것만 같다.

자신의 이성과 자존심을 지키기 위해서 슬쩍 거절하자, 별로 아쉬운 기색도 없이 조금 유쾌한 듯이 웃으며 "어머, 아쉽네요."라고 했으니까, 그냥 놀린 거겠지.

"……놀리지 마."

"놀리는 게 아니에요. 진심인걸요."

그것도 나름 심하니까, 아마네는 마히루에게 불만을 전하려고 손을 꼭꼭 눌렀다. 하지만 마히루는 간지럽다는 듯이 웃기만 해서, 아마네는 고개를 확 돌리고 수치심을 감추려 했다.

제4화 천사님의 결심

"이츠키, 후지미야, 같이 밥 먹자."

학교 점심시간. 아마네가 평소처럼 이츠키와 점심을 먹으려던 차에 요새 귀에 익은 목소리로 말을 거는 사람이 있었다.

보니까 여전히 상쾌하면서 인상이 훤하게 웃는 카도와키 유타가 한 손을 들고 있었다. 평소에는 다른 친구와 밥을 먹는데, 오늘은 사정이 다른지 지갑을 한 손에 들고 다가왔다.

유타는 2학년이 되고 나서부터 종종 말을 거는데, 그렇다고 엄청나게 친해진 것은 아니다.

다만 지난번에 잠시 푸념을 들어준 덕분인지 서로 친근감이 생긴 데다가 유타의 사람 됨됨이를 다시금 이해해서, 아마네도 유타를 대하는 태도가 조금씩 이츠키와 비슷하게 바뀌는 것을 인식하고 있었다.

"나는 딱히 상관없는데……."

"이츠키도 괜찮지?"

"왜 내가 거절하지 않는다고 보는데. 그야 거절하지 않지만?"

"그럼 됐잖아."

"그야 그렇지만. 왜 있잖아. 이 형님은 너희를 여러모로 신경 써 줬는데 어느새 친해지고 말이야. 유타가 아마네에게 길들어서 징그럽고."

"길들이긴 무슨…… 강아지도 아니고."

"유타는 의외로 강아지와 비슷한데? 한번 신뢰하고 길들면 꼬리를 마구 흔드는 성격이니까. 뭐랄까. 골든 레트리버 같아."

"너희 말이야. 본인 앞에서 개 같다는 소리는 하지 마."

이츠키에게 딴지를 걸지만, 분위기가 정말로 골든 레트리버 같다는 생각에 무심코 웃음이 나온다.

아마네가 어깨를 떠는 것을 알아챈 유타가 조금 못마땅한 기색이지만, 기분이 상한 것이 아니라 놀리니까 겉으로 삐친 척하는 느낌이다.

"후지미야, 너도 웃지 마."

"아, 그게. 미안해."

"아마네 너도 역시 그렇다고 생각한 거잖아."

"왠지 그럴싸해서……."

"크. 후지미야, 너까지. 저기 말이야. 나는 단순히 후지미야가 좋은 사람이라서 친해지고 싶을 뿐이야."

"뭐, 아마네의 좋은 점을 아는 사람이 늘어나는 건 잘된 일이지. 자, 이리 오너라."

"넌 왜 잘난 척하는 건데."

찰싹. 손등으로 딴지를 걸면서도 시키는 대로 다가온 유타는 아마네와 시선을 맞추고 눈부시게 씩 웃었다.

여자한테 그랬다간 쉽게 함락할 것 같은 웃음을 보고, 아마네가 쓴웃음을 짓는다.

"하나 물어봐도 돼……?"

"응?"

"나랑 친구가 되어도 괜찮겠어? 나와 친구가 되어도 별로 이득은 없을걸?"

유타는 아마네에게 흥미와 함께 우정에 따른 호의로 친해지려는 거겠지만, 옛날 기억이 조금 장난을 쳤다.

이런 소리를 하고 싶지는 않지만, 무심코 말하는 것이다.

아마네의 말을 듣고 유타가 놀란 듯 신기해하는 표정을 짓는다.

"후지미야는 손해나 이득을 따지고 친구를 사귀지 않잖아?"

"그야 그렇지만."

"그럼 괜찮잖아. 나는 너랑 친해지고 싶어서 말을 건 거니까."

맑게 갠 하늘처럼 웃는 얼굴을 보고, 아마네는 유타가 눈이 부셔서 눈을 희미하게 떴다.

"그래……."

"암, 그렇고말고. 사이가 좋으면 다 좋은 거지."

이츠키가 히죽히죽 웃고 감상을 말해서 시선을 다른 곳으로 슥 돌린다.

이츠키가 보는 곳에는 "마히룽은 기특하고 참 귀여워."라고 웃으면서 마히루를 끌어안은 치토세와 그냥 당하기만 하는 마히루가 있었다.

치토세의 스킨십은 원래부터 그런 거고, 반 아이들도 요새는 익숙해졌는지 미소녀들의 스킨십으로 보고 훈훈한 눈으로, 혹은 부러운 눈치로 구경하고 있었다.

아마네도 일상적인 일로 보고 있는데, 이츠키는 두 사람이 노는 것을 보면서 슬며시 쓴웃음을 지었다.

"무슨 일 있어?"

"아니, 아무 일도 없어."

이츠키는 얼버무리려는 듯이 웃고 셋이서 식당으로 가고자 걸음을 옮기기 시작했다. 그래서 아마네와 유타도 뒤쫓듯이 걷기 시작했다.

"혹시 불쾌한 일이 있었어?"

귀가하고 저녁 식사를 마친 뒤, 이상하게 뚱해 보이는 마히루에게 조심스럽게 물어보니 마히루가 눈을 연달아 깜빡였다.

"혹시 얼굴에 드러났나요……?"

"어? 응. 그냥 언짢아 보였는데. 내가 잘못한 게 없는지 짚이는 구석을 생각해 봤어."

마히루가 언짢을 때는 기본적으로 아마네가 뭔가 실수했을 때다. 다만 오늘은 마히루를 상대로 아무것도 한 게 없으니까 정말로 짚이는 구석이 없었다.

마히루는 역시 얼굴에 드러낼 생각이 없었는지, 자신의 뺨을 꾹꾹 만지며 확인하고 있었다.

"내가 실수했다면 사과할게."

"아, 아뇨. 아마네 군이 잘못한 건 없어요. 다만 제 속이 좁다고 할까요."

"마히루가 속이 좁으면 어지간한 사람은 전부 마음의 넓이가 밀리미터 단위가 될걸. 어차피 내가 뭔가 잘못한 거겠지."

기본적으로 화내지 않고, 무슨 일이 있어도 상대를 인정하는 방향으로 이해하고 넘어가는 마히루가 속이 좁을 리가 없다. 그렇다면 아마네는 정말 속이 좁은 사람일 것이다.

뭐 때문에 기분이 나쁜지 잘 모르겠지만, 마히루가 언짢다면 그만한 일이 있을 것이다. 그리고 마히루는 친하지 않은 사람에게 감정을 잘 흔들리지 않는 성격이다.

그러므로 기본적으로 관대한 마히루가 기분이 나쁘다는 건, 십중팔구 곁에 있고 마음을 허락한 아마네가 뭔가 잘못했다는 뜻이리라.

"정말로 아마네 군 탓이 아닌데요……. 저기, 아마네 군과 관계가 있는 일이긴 하지만요."

"잘 모르겠지만, 원인이 나라면……."

"잘 모르면서 사과하면 못써요. 애초에 오히려 제가 사과해야 해요."

"그건 또 무슨 소리야?"

"속이 좁으니까요!"

"일있이. 다 이해해. 가령 마히루가 속이 좁다고 치고, 뭐 때문에 화난 거야?"

조금도 속이 좁다고 생각하지 않지만. 이야기를 진행할 수 없으니까 가정하고 이야기하니 마히루가 미묘하게 거북한 눈치로 눈을 돌렸다.

"저기…… 치사한 거 같아서요."

"치사해?"
"카도와키 씨가."
"카도와키가?"
"남자라고 편하게 말하는 건 치사해요. 저는 참고 있는데."
"참아?"
"아마네 군의 생활을 흐트러뜨리지 않으려고, 남들이 이상하게 보는 것을 피하려고, 피해를 주지 않으려고, 저는 학교에서 모르는 사람처럼 구는데…… 이러면 저만 쓸쓸해요."
소외감을 느낀다는 뜻일까.
마히루는 여전히 학교에서 천사님처럼 행동하고, 남자에게는 결코 지나치게 접근하지 않는 데다가 누구에게나 평등하게 웃어 준다. 그 철저함에 감탄할 정도로.
마히루는 역시 아마네와 평소처럼 이야기하고 싶은 것 같다. 그러면 여러 방면으로 영향을 주니까 자제하는 듯하지만, 비슷하게 여자들과 일정한 거리를 두는 인기남 유타가 아마네와 사이좋게 지내는 것이 마음에 걸리는 것이리라.
쓸쓸하다는 말에 왠지 미안하면서도 어쩔 수 없어서 시선을 내리자 마히루도 시무룩하게 눈을 내리뜬다.
"아카자와 씨도, 치토세 양도, 카도와키 씨도, 아마네 군과 사이좋게 지내는데 저만 아닌 것 같아요."
"으."
시무룩한 얼굴로 말하면 마음이 약해진다.
아마네는 예전부터 치토세와 그냥 이야기하니까, 아마네와 마히루의 사정을 아는 두 사람과는 학교에서도 평소처럼 이야기할 수 있다. 다만 아무리 그래도 마히루를 끼고 이야기할 수는 없어서, 치토세가 이츠키에게 말을 걸 때는 마히루가 빠지고 만다.

반에 다른 친구도 있어 보이지만, 치토세만큼 마음을 터놓은 사이는 아니라서 어쩔 수 없이 조금 쓸쓸해 보인다. 물론 천사님의 미소로 감추고 있지만, 익숙해진 아마네의 눈에는 역시 쓸쓸하게 비친다.

아는 일이고, 어떻게든 하고 싶은 일이지만, 그렇다고 쉽게 받아들일 수도 없었다.

"하지만 천사님이 갑자기 나처럼 눈에 안 띄는 인간하고 친하게 지내면 이상하잖아?"

"왜 갑자기 자신을 낮추나요. 화낼 거예요."

뚱한 기색으로 미간을 좁히는 마히루가 조금 화내듯 아마네의 코를 검지로 쿡 찌른다.

"오늘 셋이서 하는 이야기가 들렸는데, 아마네 군은 자신을 비하하지 말아야 해요. 애초에 이해득실을 따지자면 처음부터 저는 아마네 군과 사이좋게 지내지 않아요. 처음 만났을 때부터 아마네 군은 제 눈에 매우 한심한 사람으로 보였으니까요. 친해져서 무슨 이득이 있겠나요."

"설득력이 너무 커."

아마네와 마히루의 교류는 아마네의 식생활에 느끼는 연민과 아주 작은 죄책감에서 시작됐다. 그리고 그것이 없었더라면 애초에 교류도 없었겠지. 이해득실만으로 따지면 있을 수 없는 일이다.

그래도 사이가 좋아진 것은 그때 이해득실을 제외한 사람의 정이 있었기 때문이리라. 친절함이나 죄책감, 동정심 같은 것이 포함되지만, 그 감정을 계기로 서로 알고 가까워졌으니까, 이익은 관계없다.

"물론, 지금은 아마네 군이 성품도 좋고 자상하고 멋진 사람이라고 알아요. 그 점에서 친하게 지내는 데 이득이 있다고 말할 수도 있겠지만, 저하고는 관계가 없으니까요. 저는 아마네 군의 성품이 좋아서 가까워진 거고, 카도와키 씨도 본인이 말한 이유로 그런 거겠죠. 그러니까 자신을 낮춰서 보면 안 돼요. 당신을 인정하는 우리를 모욕하는 일이 될 수 있어요."

"미안해……."

"심각하게 사과하지 않아도 돼요. 저는 그저 당신에게 자신감이 생겼으면 하는 거니까."

볼을 쿡쿡 찌르는 바람에 조금 아프지만, 싫지는 않았다.

"어쨌든 아마네 군은 자기평가가 박한 것이 결점이니까 꼭 고쳐야 해요. 더 자신만만하게 있어도 돼요."

"자신만만은 무슨……."

"차라리 제가 아마네 군이 얼마나 좋은 사람인지 선전할까요?"

"그랬다간 내가 부끄러워 죽고, 저 자식은 대체 뭐냐고 주변에서 수군댈걸."

주위에선 딱히 접점이 없다고 생각하는데, 갑자기 마히루가 칭찬하고 나서면 여러모로 의심하겠지.

"그건 이상하지 않게 잘 말할 건데요?"

"그건 학교에서 엮이자는 말이잖아."

"그야 저만 빠지는 건 섭섭하니까요. 괜찮다면 모두와 똑같이 접하고 싶어요."

시무룩한 얼굴이 아마네의 약점인 것을 아는지 모르는지, 마히루가 쓸쓸한 눈치로 시선을 내리면서 중얼거리는 바람에 아마네는 끙끙댈 수밖에 없었다.

"딱히 싫은 건 아닌데…… 갑자기 거리가 가까워지면 이상하게 볼걸."

"천천히 하면 된다는 거죠?"

침침한 기색에서 눈빛이 밝아진 마히루를 보고 더는 거절할 수도 없어서, 아마네는 될 대로 되라는 듯이 고개를 끄덕였다.

"억지로 칭찬하려고 들지 마."

"그러면 지금은 개인적으로 좋게 말하기만 할게요."

그것도 아마네의 심장에 부담을 주겠지만. 아무 말도 없이 앞으로 학교생활이 조금씩 어수선해지겠다고, 아마네는 조금 먼 곳을 쳐다봤다.

제5화 천사님의 접촉과 주위의 반응

천천히 거리를 좁히겠다고 선언한 날부터, 마히루는 조심스럽게 아마네와 접촉하기 시작했다.

말은 그래도 처음에는 친구의 친구 포지션을 무너뜨리지 않고, 주위에서 의심하지 않게 인사나 대수롭지 않은 이야기 같은 수준에 머물렀다. 어디까지나 아마네의 생활을 크게 망가뜨리지 않겠다는 점에서 신중한 것이리라.

학생답게 공부 이야기를 할 때는 질투하는 시선보다 감탄하는 시선을 느껴서, 이럴 때는 자신이 공부를 잘하는 축에 속해서 다행이라고 진심으로 생각했다.

솔직히 마히루는 수업 내용을 1년 단위로 앞서고 있어서 아마네가 완전히 따라가는 것은 어렵지만, 마히루도 아마네의 진도에 맞춰 화제를 내놓아서 탈 없이 학생의 본분에 전념하는 듯한 대화가 성립했다.

대체로 치토세나 이츠키, 가끔 유타가 함께 있었던 덕분인지, 인간이 조금씩 변화에 적응하듯 아마네가 마히루에게 가벼운 잡담이나 공통된 친구 이야기, 수업 이야기를 간단하게 하는 정도라면 주변에서 별로 질투하는 눈으로 보지 않게 되었다. 마히루를 진심으로 좋아하는 남자들이 째려보는 느낌은 있지만.

"왜 후지미야가……."

교실에 있는 자기 자리에서 참고서와 교과서를 보고 있을 때, 우연히 바로 옆자리에 있었던 남자들이 원망하듯 조용히 말하는 소리가 들렸다.

조금 전까지 마히루와 수업 내용과 숙제 이야기를 했는데, 아무래도 그걸 목격한 듯하다.

왜 아마네인가. 그 의문에 답하자면 마히루 본인이 이야기하고 싶었고, 대화 내용에 따라갈 사람이 적었기 때문이리라.

마히루와 가장 친한 치토세는 수업 진도를 예습하지 않고, 지금 배우는 곳을 완전히 이해한 것도 아니다. 그 남자친구인 이츠키도 마찬가지다.

그러므로 공부 면에서는 아마네가 이야기하기 편하다.

아마네도 원래 공부를 그럭저럭 잘하고, 집에서 마히루의 지도를 받다 보니 예전보다도 성적이 좋아졌다. 이 점은 마히루님 만세를 외치고 싶다.

"왜냐고 해도 말이지. 어쩌다 보니 내가 시이나의 화제에 맞출 수 있어서 그런가 보지. 딱히 재미있는 이야기는 안 했는데."

학교에서 마히루와 이야기할 때는 약간의 일상 이야기를 빼면 대부분 공부 관련이다.

주위에서 수상하게 보지 않도록 천천히 거리를 좁힌다고 해서 학생끼리 해도 이상하지 않을 말만 주고받는다. 오히려 모범생 같은 대화라서, 의심할 여지가 없을 정도로 성실한 대화를 했다.

"그야 그렇지만……."

"불만이 있으면 너희도 공부해서 이야기에 끼어들어. 질투해도 곤란해. 공부는 학생의 본분이라고."

"어? 무리……. 못 따라가……. 뭘 말하는 건지도 모르겠는걸."

"그냥 교과서를 봐. 우리는 지금 배우는 진도를 예습하고 있을 뿐이야. 그것도 안 된다면 포기하라고 할 수밖에 없는데."

"신랄하네……."

"나는 너희의 학습 상황을 어떻게 할 수 없어. 그리고 나는, 너희가 어떻게 생각하는지는 몰라도 딱히 시이나와 친한 건 아니야."

담담하게 대꾸했더니 이를 갈고 끙끙거린다.

딱히 애들과 사이좋은 건 아니다. 오히려 마히루와의 관계를 의심하고 일방적으로 적대시하니까 거들어줄 의리도 없겠지.

애초에 마히루는 아마네와 학교에서도 친구처럼 접촉할 수 있게끔 누가 봐도 이상하지 않은 선에서 이야기를 시작했다. 그게 공부였을 뿐이지, 가령 누군가가 공부를 잘해도 친해질지 어떨지는 모른다.

어디까지나 관심이 없다는 태도를 보이는 아마네를, 처음에 말을 꺼냈던 두 사람이 의심스럽게 본다.

"너…… 시이나 양하고 그토록 이야기해 놓고서도 아무렇지 않아 보이는데……."

"혹시 천사님한테 관심 없어?"

"천사님한텐 없지."

아마네는 '천사님'에게 반하지 않았다. 그러니 거짓말이 아니다.

좋아하는 것은 '천사님'이 아니라, 아마네의 앞에서 보여주는 마히루의 본래 모습이다.

독설을 조금 하고, 자아가 강하다. 그런데도 마음씨가 착하고, 수줍음을 잘 차고, 응석을 잘 받아주려고 한다. 하지만 사실은 외로움을 잘 타고, 꺾일 것처럼 약한 마히루.

마히루에게 '천사님'은 밖에서 싸울 때의 차림, 까놓고 말하자면 연약한 몸을 지키는 갑옷 같은 것이다. 따라서 그 갑옷을 좋아할 리가 없다.

물론 그것도 포함해서 마히루를 좋아하는 것은 사실이지만, 표면만 좋아하는 건 아니다.

아마네의 담담한 태도가 두 사람에게는 의심스러운 눈치였지만, 정말로 '천사님'에 관심이 없다고 대수롭지 않게 말하자 말도 안 된다는 눈으로 봤다.

"얼마나 귀여운지 이해하지 못하는 후지미야는, 혹시……."

"상상하는 중에 유감이지만, 나는 같은 남자에게 관심이 없고 미적 감각도 일반적인 사람이야. 귀여움을 이해하지 못한다는 게 아니고. 객관적으로 봐도 귀엽고 인품도 좋다고 생각하지만, 그게 연애로 발전하는 것과는 다르잖아."

"후지미야의 취향을 모르겠어!"

두 사람이 불평을 떠드는 바람에 같은 반 학생들이 힐끗힐끗 보니까 속이 거북하다.

아마네는 지금 자신이 마히루에게 반한 사실은 그냥 넘어가더라도, 귀엽고 마음씨 착한 완벽 미소녀가 있으면 남자가 무조건 호감을 보여야 한다는 논리를 이해할 수 없다.

그렇다면 학교 남자 모두가 반했겠지. 실제로는 마히루를 감상용으로 보는 사람도 있을 테고, 다른 여자를 좋아하는 남자도 있다.

모두가 마히루를 이성으로 보고 좋아하는 게 아님은 주위를 보면 알 수 있다. 마히루가 호감을 얻기 쉽다는 점에는 차이가 없지만.

"반대로 내가 묻겠는데, 너희는 천사님의 뭐가 그렇게 좋은데."

한심하다는 투로 중얼거리자, 두 사람은 제 세상이 왔다는 것처럼 활기찬 표정을 지었다.

"무지 귀엽지, 누구한테나 상냥하고 청초하고 정숙하고 뭐든지 잘하고, 여친으로 삼으면 아주 최고잖아?"

"하아…… 그러십니까."

무슨 말인지는 알겠지만, 그게 연애의 의미에서 좋아지는 이유일까? 문득 그렇게 회의적으로 봐도 이상하지 않겠지.

"진짜 미인이고 몸매도 좋으면 완벽하잖아. 남자의 이상형을 완성한 천사 같은 존재야. 아니, 천사님 맞지만."

"귀엽고 성격도 좋은 걸로도 모자라 뭐든지 잘하고 몸매도 끝내주니까 좋잖아. 평소에는 조끼가 감추지만…… 체육복 때는 굉장한걸. 존재감 끝내줘."

"그게, 참 쩔지."

"시라카와처럼 평탄한 느낌도 좋지만, 역시 이렇게 봉긋 솟은 느낌이 좋은 거지. 남자의 꿈이잖아."

"너희는 여러 방면에서 여자들에게 무례하니까, 여러 의미에서 입을 다무는 게 좋아."

얼떨결에, 아니 명확하게 살기를 느꼈다.

자신에게 드러내는 것이 아님을 알아도, 근처에 있기만 해도 따끔하게 느껴지는 기운이 아마네의 몸을 저절로 움츠리게 했다.

어디서 그러는지 보지는 않아도 누군지는 알 것 같아서, 나중에 덤터기를 안 뒤집어쓰게 해야겠지.

더 엮였다간 이쪽에도 불똥이 튈 것 같아서 두 사람에게서 시선을 떼고 수중에 있던 참고서를 펼친다.

마히루와 학교에서 이야기했던 학습 내용을 눈으로 좇으면서, 남자들만의 독특한 망상을 떠들기 시작한 두 사람에게 슬쩍 한숨을 쉬었다.

"그런 욕구를 공공장소에서 말하는 시점에서 시이나가 너희에게 관심을 보일 일은 없을 것 같은데 말이야……."

전제를 말하자면, 어지간한 여자는 대놓고 음담패설을 떠드는 남자를 좋게 보지 않는다. 그것도 자신의 체형을 화제로 신나게 떠들고 있다면 더더욱.

게다가 마히루는 용모를 보고 다가오는 사람에게 호의를 느끼기 어렵다. 신체적 특징에 주안을 둔다면 호감도는 오히려 아래로 떨어지겠지.

마히루가 있는 곳을 슬쩍 보니 곁에 있는 살기의 주인을 달래듯이 쓰다듬고 있다. 치토세는 이츠키가 웃으면서 놀리기만 해도 뒤에서 일대일 면담을 받아야 하는데, 관계도 없는 사람이 예를 들면 당연히 화가 나겠지.

마히루도 치토세를 달래는 천사님으로서 표정을 유지하고 있지만, 왠지 모르게 어처구니없게 보는 느낌이 들었다.

(나는 아무 말도 안 했어.)

속으로 마히루에게 변명하면서, 아마네는 참고서를 보고 같은 반의 두 남학생이 하는 이야기를 차단했다.

시선도 못 알아채고 신나게 떠들고 있는데, 아마네는 말릴 의무가 없다. 애초에 눈치를 줬는데도 계속하는 거니까 무의미할 듯하다.

'천사님' 이 얼마나 좋은지 떠드는 남자들에게, 아마네는 남몰래 묵직하게 한숨을 흘린다.

(아마도 너희가 자꾸 그러니까 천사님이 천사님으로 있는 거겠지.)

그 말은 소리로 나오는 일 없이 입속에서 머물다가 사라졌다.

"저기, 마히루 씨……."

그날 저녁, 평소처럼 아마네의 집을 방문한 마히루의 표정이 불만스러워 보였다. 무심코 호칭을 바꿀 만큼 마히루의 분위기가 딴판이다.

"왜요?"

대답이 왠지 퉁명하다. 확실하게 화난 상태다.

기본적으로 온화하고 관대한 마히루의 기분이 언짢아서, 아마네는 속이 좀 쓰리다.

"왜 그렇게 심기가 불편하신 걸까요."

"그런 건 아니지만요."

"아니…… 딱 봐도 기분 나쁜 분위기인데."

"안 나빠요."

소파 옆자리에 앉은 마히루의 표정은 여전하다. 알기 쉽게 화내는 것이 아니라, 불쾌함을 드러내고 있다는 것에 더 가깝다. 부글부글 끓고 있다고 해도 좋겠지.

다만 뭐가 심기를 자극하고 있는지 몰라서 고민했는데——오늘 반에서 남자들하고 엮인 일을 떠올렸다.

"아…… 혹시 내가 걔들하고 같이 체형 이야기를 했다고 생각한 거야?"

그렇게 생각하면 마히루가 불쾌한 것도 이해할 수 있다. 같이 있는 사람이 자신의 용모를 화제로 신나게 떠들었다면 기분이 나빠지겠지.

마히루가 아마네의 말에 흠칫하는 것을 보면, 아마도 그 예상이 맞는 것 같다.

"들렸지?"

"아, 아뇨. 그게…… 그 이야기도 들리긴 했지만요……."

"미안해. 여자들은 그런 이야기 싫어하지?"
"저는 그게 아니라. 용모 이야기는 자주 들어서 익숙하고, 이번엔 저한테 직접 몸매 이야기를 한 건 아니니까요. '아, 그런가 보구나.' 같은 느낌이에요."
오랫동안 천사님처럼 행동하고, 미모를 유지하려고 노력을 아끼지 않는다고 하는 마히루다운 발언이다.
다만 마히루의 말로 미루어 봐서는 과거에 직접 성희롱 발언을 들은 적이 있다는 거니까, 그렇게 무례한 소리나 하는 남자가 있다는 점에 같은 남자로서 미안해졌다.
"다만 잘도 여자가 있는 곳에서 말할 수 있구나 싶어서 놀라긴 했지만요……. 생각하는 것은 자유니까 막진 않아요. 다만 심도 있게 이야기할 때는 다른 사람이 없는 곳에서 하지 않나요? 주위 사람들의 눈을 생각하면 도저히 그럴 수 없을 것 같은데요."
"옳으신 말씀입니다."
때와 장소를 가려야 하는데, 다른 사람들의 눈과 귀가 있는 교실에서 이야기한 것이 실수다. 아니, 아마네는 갑자기 그런 이야기로 발전해서 뭘 어떻게 할 수도 없었지만.
"아마네 군이 한심하게 보는 것도 알았고, 언급하지 않는 것도 다 들렸어요. 다른 여자애들도 감탄했어요."
"그, 그렇다면 다행이네……. 아무리 그래도 같이 죽기는 싫거든."
"물론…… 다른 의미로 조금 걱정되지만요. 아마네 군이 너무 신사라서 남자로서 정말 괜찮은지 말이죠."

"말이 너무 심하잖아."

같은 반 남학생에 이어 마히루까지 그런 의혹을 제기하는 마음에 상처가 생기지만, 마히루는 "사실인걸요."라고 말하고 고개를 홱 돌렸다.

마히루는 아직 조금 불만이 남은 눈치를 보이다가 아마네가 미간을 찡그린 것을 알아채고, 쿠션을 무릎 위에 두고 끌어안는다.

"아마네 군은 저한테 매력을 별로 느끼지 않는 것 같으니까요……. 자신감이 사라져요."

"뭘 어떻게 생각하면 그렇게 되는데."

"관심이 없다고 했잖아요."

아무래도 천사님에게 관심이 없다고 한 말을 들었나 보다.

"뭐, 천사님에게는 관심이 없어. 천사님은 네가 의도적으로 그렇게 행동하는 거잖아? 나는 마히루한테 관심이 있어도 천사님으로 지내는 마히루는 별로 관심이 없어. 그야 고생이 많겠구나 싶은 마음은 있지만, 다른 감정은 없고."

"저한테 매력이 있나요……?"

"없다고 말할 만큼 내 눈이 썩어 보이나. 매력이 넘치잖아. 가장 가까이 있는 내가 보증할게."

오히려 마히루에게 매력이 없다고 말하기 어렵다. 곁에서 오래 같이 지내면서 점점 마히루의 새로운 일면을 알고, 더욱 사랑스럽게 여겨지는 것이다.

늘어나기만 하고, 사라지는 일은 없다. 그만큼 마히루가 매력적이라는 뜻이다.

아마네가 단언하자 마히루는 갑자기 안절부절못하는 눈치로 쿠션을 꼬집기 시작한다. 천에 주름이 잡히는 것도 무시하고 마구 만지면서 고개를 푹 숙인다.

"그, 그렇다면, 다행이지만요."

어물어물 말하면서 고개를 끄덕인 마히루는 쿠션에 얼굴을 파묻었다. 머리카락 사이로 보이는 귀가 새빨개서, 부끄러워하는 것을 한눈에 알아볼 수 있다.

이 분위기로 봐서는 한동안 쿠션에서 얼굴을 떼지 않을 것 같다. 아마네는 그런 마히루를 등지고 소파 팔걸이에 팔꿈치를 댄 채로 고개를 홱 돌렸다.

아마네의 몸에서 여분의 열기가 빨리 안 빠져나가면 부활한 마히루에게 보이고 말리라.

(부끄러운 줄 알면 말하지 않으면 되잖아…….)

두 사람 모두에게 해당하는 일을 생각하면서, 아마네는 마히루에게 안 들리게 조용히 한숨을 쉬었다.

제6화 천사님과 조리 실습

"잘 부탁할게요."

평소 아마네를 향할 일이 없는 천사의 미소를 대놓고 봐서, 아마네는 신음을 꾹 참고 "잘 부탁해……."라고 조용히 대꾸했다.

기본적으로 마히루와는 적극적으로 얽히려 하지 않지만, 마히루가 다가왔을 때는 아마네가 차마 어쩔 수 없다. 다만 이건 마히루의 잘못이 아니라, 단순히 가까운 사람끼리 모이려고 하다가 이렇게 된 것이리라.

가정 교과의 조리 실습은 일정한 자유도가 인정된다. 며칠 후에 실기 평가로 조리 실습 예정이 잡혔는데, 이번에는 자유롭게 조를 짜고 자유롭게 조리 내용을 정한다.

다만 영양학에 따른 식단을 요구하고, 식단도 채점 대상이므로 잘 생각해서 정해야 한다.

조를 자유롭게 짜도 된다는 이유로 마히루는 사방에서 러브콜을 받다가 사이좋은 치토세와 짝이 됐고, 그 치토세는 남자친구인 이츠키를 끼우려 했으며, 그 이츠키와 짝이 되려고 했던 아마네가 딸려왔다. 객관적으로 보면 그렇겠지.

그 결과로 아까부터 시선이 엄청 따가워서, 아마네는 속이 쓰리다.

일부 원인을 제공한 치토세는 근처 책상을 인원수에 맞춰 맞대면서 헤실헤실 웃는다.

"아하하. 아마네 얼굴이 벌레 씹은 것 같아."

"이게 누구 탓인데."

네 사람의 책상을 맞춰서 자리를 만들어 앉자 마히루는 천사의 미소를 조금 흐리면서 미안하듯 미소를 웃는다.

"불편하게 해서 미안해요."

"아니, 시이나 잘못이 아니야. 다만 내가 시선에 찔려 죽지 않을까 불안할 뿐이야."

"행운으로 받아들이지 않는 점이 아마네답네."

"이건 나 말고 다른 곳에 행운을 나눠줘야겠지."

그 말이 옳다는 듯 목소리는 작아도 불만을 드러내는 말이 들린 것도 기분 탓은 아니리라.

천사님이 직접 만든 요리를 만들 먹을 기회가 생기면 남자들도 흥분할 테니까. 그 기회를 별로 원하지도 않는 남자가 잡았으니 속이 끓을 만도 하다. 실제로 부러움과 질투가 섞여서 따가운 시선이 푹푹 꽂히고 있다.

"하지만 너도 나랑 찢어지면 곤란하잖아? 다른 데는 다 친한 애들끼리 뭉쳤고."

"윽."

그렇게 말하면 힘들다.

커뮤니케이션 장애가 있는 건 아니지만, 친한 사람들 그룹에 끼어들어 소통할 만큼 능력이 좋은 것도 아니다. 이미 다 뭉친 상태에서 아마네 혼자 나가기도 어렵다.

"뭐, 이것도 운명이라고 보고 포기해. 나랑 치이하고 친해진 것을 후회하란 말이지."

"너희랑 친구가 되고 후회한 적은 없어……."

"어머나. 내 가슴이 쿵해쪄."

"남자가 그래도 소름만 돋는데. 역시 후회하련다."

"사람 두 번 죽이네."

노골적으로 부끄러운 척 두 손으로 볼을 누르는 이츠키에게 쌀쌀맞게 대꾸하자, 유쾌하게 껄껄 웃었다. 연기에 넘어가는 일은 없지만, 반응을 즐기는 태도는 전혀 달갑지 않다.

저 볼을 꼬집어 줄까 생각했을 차에 작게 한숨이 섞인 웃음소리가 들렸다.

보니까, 마히루가 웃긴 듯 살며시 웃고 있다.

"지금 봐도 사이가 좋네요. 참 부러워요."

"그야 뭐……."

사실은 사이좋은 것도 다 아는데, 어디까지나 처음 안 것처럼 말하는 마히루의 태도를 보고 이루 말로 표현하지 못할 만큼 가슴이 착잡했다.

철저하게 남처럼 대해 주는 것은 고맙지만, 이렇게 모르는 척하면 왠지 낯간지러우면서도 답답한 느낌이 든다.

마히루와의 대화를 들은 치토세가 히죽히죽 웃으면서 마히루의 어깨를 톡톡 친다.

"마히룽도 올래?"

"야, 그러지 마. 시이나한테 너희 분위기를 강요하지 마. 피해를 주잖아."
"아니요. 그렇진 않아요."
"거봐."
"치토세 넌 좀 까불지 마."
치토세는 마히루와 아마네가 엮이는 것을 긍정한다. 오히려 그걸 지지하는 구석이 있어서, 치토세가 이야기를 주도할 때는 마히루와 아마네를 가까이 붙이려고 든다.
아마네의 집이라면 또 모를까 여기는 학교이므로, 눈에 띄는 일은 피하고 싶다.
"자, 이제 됐으니까 식단을 정하자."
주위에는 마히루에게 특별한 감정이 없다고 선전하면서 식단을 정해서 제출하는 시간이 지금밖에 없으므로 빨리 정하고 싶다는 주장. 치토세가 미묘하게 질린 얼굴을 보인다.
"아마네는 요리도 못하면서 지휘할 거야?"
"말이 심하네. 오믈렛은 만들 줄 알아."
"이름만 오믈렛이고, 거의 스크램블드 에그에 가깝지만요."
근처에 있는 세 사람에게만 들리게 작게 속삭이는 바람에 치토세와 이츠키가 폭소를 터뜨렸다. 아마네는 주위 사람들에게 안 들키게 마히루를 조금 원망스럽게 보지만, 본인은 아랑곳하지 않는다.
정말이지 평소와 똑같은 천사의 미소 앞에서, 아마네는 고개를 홱 돌렸다. 그랬더니 또 치토세와 이츠키가 웃으니까, 아마네는 도저히 버틸 수 없다.

"아카자와 씨는 요리를 잘하나요?"

"나……? 그야 뭐, 먹고살 정도로는 하지."

"잇군은 이래 보여도 집안일을 뭐든 할 줄 알아."

기본적으로 필요할 때는 뭐든지 할 줄 아는 이츠키는 요리도 무난하게 잘한다. 그야 마히루 수준은 아니지만, 혼자 자취하며 살기에는 충분한 실력이다.

"엄마가 밖에서 일해서 집에 없으니까. 예전에는 아마네의 집에 밥을 차려 주려고 간 적도 있었고. 뭐, 지금은 안 하지만?"

눈치를 주듯 아마네를 힐끗 봐서 미간을 찡그리지만, 이츠키는 웃을 자격이 있다.

"그랬군요."

"이대로 가다간 내 한심함이 부각돼……."

"지금 할 소리야?"

"지금 할 소리는 아닌걸."

"너희 말이야. 호흡 맞추지 마."

"후후. 지금 곤란하지 않으면 괜찮지 않나요?"

"아, 아니야. 노력해 볼게. 혼자 있을 때는 가끔 내가 만드니까……."

전부 마히루에게 맡기면 좋지 않으니까, 휴일에 마히루가 없을 때는 요리해 보려고 노력하고 있다. 그렇다고는 해도 간단히 구워서 만드는 요리나 전자레인지에 돌려서 완성하는 조리법이 전부지만.

말을 조금 아끼는 아마네에게, 마히루는 왠지 자애롭게 웃으면서 "잘했어요."라고 칭찬했다. 그 말이 너무 의미심장해서 아마네는 얼굴을 실룩거렸다.

아마네의 요리 실력이 얼마나 꽝인지 마히루도 잘 알고 있을 것이다. 마히루의 요리와 비교하면 아마네의 요리는 아이들이 만든 수준이다. 너무 어설퍼서 흐뭇하게 보이는 걸지도 모른다.

그래도 발전하고 있으니까, 아마네는 아무것도 못 하는 수준에서 탈피했다고 강하게 주장하고 싶다.

"아무튼 식단을 정해요. 성적하고도 관계가 있으니까요."

마히루는 아마네의 반응을 언급하는 일 없이, 온화하게 웃으면서 학교에서 받은 제출용 식단표를 만진다.

마히루가 요리를 가장 잘하니까 마히루가 지휘하는 것이 가장 무난하다. 조금은 발전했다고는 해도 영양을 생각한 식단을 짜는 것은 문외한이니까 매일 저녁 식단을 정하는 마히루에게 따르는 것이 바람직하다.

그렇게 상의한 결과 고기와 닭고기와 야채를 쓴 삼색 덮밥과 된장국, 당면 샐러드, *행인두부로 정했는데, 식단을 본 치토세가 실실 웃었다.

마히루는 아마네가 좋아하니까 아무 생각도 없이 달걀을 쓴 요리를 넣었을 것이다. 하지만 그걸 치토세와 이츠키가 아주 흐뭇하게 보는 바람에 아마네는 두 사람의 시선을 피하듯 다 작성

* 행인두부(杏仁豆腐. 일본어 : 안닌토후) : 살구씨나 아몬드에 우유 등을 혼합한 뒤 한천 등의 식용 응고제를 첨가해 만드는 중국식 젤리.

한 식단표로 눈을 돌렸다.

그리고 조리 실습 당일. 아마네는 지친 듯 한숨을 쉬었다.

앞치마 차림이 잘 어울리는 마히루를 옆에서 돕는다. 그 명목으로 아마네가 감시당하고 있다.

"후지미야 씨는 저를 도와주세요."

미소를 지으면서 그렇게 통보하고 아마네를 마히루 옆에 두었다.

이건 치토세의 작전도 아니고, 단순히 아마네가 치토세와 이츠키와 비교해서 조리가 서툴기 때문이다. 마히루의 눈앞에서 손을 벤 전과가 있으니까, 적극적으로 조리 작업을 막는 방침인 듯하다.

유혈사태를 피하고 싶은 것도, 다 끝낸 조부터 점심을 먹으니까 후다닥 조리하고 싶은 마음도 아니까 이 조치도 다 이해한다. 다만 아무리 자신이 어설퍼도 아무것도 못 하지는 않는다고 강하게 주장하고 싶다.

"삐쳤어요……?"

야채를 다 다듬은 마히루가 슬쩍 물어봐서, 아마네는 조미료의 양을 재면서 시선을 맞추지 않고 "그런 건 아니지만." 하고 대꾸했다.

"나를 너무 무시하는 것 같아."

"그러는 게 아니에요. 그야…… 우리끼리 하는 게 더 효율이 좋은 것은 부정할 수 없지만요."

"그건 나도 부정할 수 없어."

마히루는 처음부터 말할 나위도 없다. 이츠키는 애초에 아마네도 요리를 먹어 본 적이 있으니까 문제없이 요리하는 수준이고, 치토세는 간을 볼 때 이상한 짓만 안 하면 그럭저럭 잘하는 수준이다. 아마네도 못 하는 수준이 아니라고 하지만, 다른 세 사람보다는 떨어지니까 그 점을 지적하면 아무 말도 못 한다.

"그래서 잘하는 분야에서 애써 주면 좋겠다고 생각해요. 그리고 치토세 양은 맛을 극단적으로 만들기 일쑤니까 후지미야 씨에게 맡기는 게 나을 것 같은데…… 중요한 역할이에요."

"책임이 막중하군……. 그런데 그냥 책에 나온 대로만 하는 거 아니야?"

"치토세 양의 돌발 행동을 사전에 방지하는 것도 중요한 일인데요?"

마히루가 살짝 소리 내어 웃어서, 아마네는 치토세를 힐끗 봤다.

치토세는 이츠키와 같이 행인두부를 만들어서 냉장고에 넣은 뒤, 솥에 밥을 안치면서 뒷정리를 하고 있다. 이츠키가 감시하니까 행인두부에서 사고가 나지는 않겠지.

미각이 꽝이라고는 말하지 않겠지만, 극단적인 맛을 선호하고 깜짝 이벤트를 좋아하는 성격을 경계해서 이츠키에게 감시를 맡겼다. 게다가 남자친구와 요리하는 게 즐거울 거라고 마히루가 배려한 듯하다.

마히루가 희미하게 웃으면서 다 데친 숙주와 당근을 소쿠리에 담는다. 아마네는 조리대 위에 둔 키친 페이퍼 타월을 두세 장 뜯었다.

"후지미야 씨."

"응, 알았어."

마히루가 데친 야채를 소쿠리에 담아서 주자 아마네는 가볍게 식히면서 페이퍼 타월로 물기를 적당히 훔치고 물로 불린 당면, 얇게 썬 오이와 햄을 함께 미리 조미료를 넣고 준비한 보울에 투입했다.

요리는 계량과 순서만 지키면 결과물을 망치지 않는다고 한 마히루의 가르침을 떠올리면서 조리법에 따라 진행해 나간다.

아마네는 간단한 작업만 맡아서 당당하게 굴기는 어렵지만.

"깨를 섞은 다음에 냉장고에 넣으면 되는 거지?"

"그래요. 그리고……."

"이걸 넣고 나서 고기도 가져올게."

먼저 안친 쌀밥이 다 되기 직전이라서 슬슬 덮밥 작업을 시작할 참이리라.

당면 샐러드가 든 보울에 비닐랩을 씌우고 조 번호를 붙이면서 마히루를 본다. 틀리지 않은 듯, 아마네의 행동을 수정하지 않고 프라이팬 준비를 시작했다.

된장국은 이미 야채를 거의 익혀서 이제는 된장을 풀면 된다. 행인두부는 치토세와 이츠키가 냉장고에 넣고 식혀서 굳히는 중이라 덮밥 준비만 남았다.

다른 사람에게 부딪히지 않게 냉장고에 당면 샐러드를 넣고 다진 고기를 가져온다.

자신들의 조리대로 돌아오는 중에 다른 조를 슬쩍 봤는데, 순조로운 곳이 있는가 하면 다툼이 생긴 조도 있다. 남자만 있는 조 중에는 재료를 낭비하거나 노는 데도 있어서 학생들의 자주성을 존중하면서 감시 중인 교사가 눈에 힘을 주고 있었다.

(이런 걸 보면 마히루가 있어서 다행이야…….)

아마네의 조가 다른 조보다 원활하게 진행하고 있는 이유는 마히루가 압도적으로 능숙하고, 손이 많이 가지 않는 식단을 짰기 때문이다.

'겉멋을 의식해서 손이 많이 가는 메뉴로 하는 것보다, 영양이 좋고 시간과 수고가 별로 들지 않는 메뉴가 훨씬 편해요. 식사는 매일 차려야 하니까, 피곤한 메뉴로 할 리가 없잖아요.'

식단의 이유를 집에서 물어봤더니 그렇게 대답했다. 매일 두 사람의 식사를 차리는 마히루답게 합리적인 사고방식이라고 생각했다.

아마네는 이 메뉴만으로도 만드는데 몹시 고생하니까, 마히루의 고마움을 다시 인식하는 조리 실습이다.

세상에서 가정의 주방을 책임지는 사람은 매끼 고생이 참 많겠다고 실감하면서 돌아가자 마히루가 치토세에게 막 작업 지시를 내리는 참이었다. 이츠키는 보이지 않는데, 시선으로 눈치챈 것인지 마히루가 "아카자와 씨는 다른 교실에서 그릇을 가져오라고 했어요."라고 말했다.

"이제 고기를 부탁할게요."

“알았어. 물이 나오지 않을 때까지 말이지?”

“그래요. 잘 부탁해요.”

마히루는 삼색 덮밥에서 노란색과 녹색 부분을 만드는 듯, 시금치를 데칠 물을 준비하면서 달걀을 풀고 있다.

프라이팬 준비는 마히루가 이미 마쳐서, 고기와 조미료를 가열하기만 하면 끝나는 쉬운 일을 맡는다.

치토세는 다 쓰고 씻은 솥을 행주로 닦으면서, 아마네가 프라이팬으로 고기를 볶자 신기한 눈치로 쳐다봤다.

“요리 못 하는 거 맞지……?”

“못 하는 건 아니라고 했잖아. 비교 대상이 이상할 뿐이야.”

지금 하는 작업은 단순히 고기를 조미료와 섞어서 물이 나오지 않을 때까지 주걱으로 섞으면서 졸이는 일이니까, 오히려 이것도 못 한다고 생각한다는 사실이 못마땅하다. 만화처럼 암흑물질을 생성하는 인간은 현실에서 좀처럼 찾아볼 수 없겠지.

현실에서 요리를 망치는 이유는, 화력을 잘못 조절하거나, 요리의 순서가 잘못되거나, 괜히 원본에서 바꾸려고 들기 때문이다. 마히루의 조언을 들으면서 조리하는 현재 상황에서는 실수할 일이 없다.

“애초에 피해를 안 주게 요리 순서 정도는 머릿속에 넣고 왔다고.”

“성실하구나.”

“이런 상황에서 걸림돌로 있다간 내가 주위 남자들에게 죽을걸.”

놀면서 천사님의 요리를 맛보려고 하다니……. 그런 눈빛에 찔려 죽을 것 같으니까, 최소한은 일할 작정이다.

기본적으로 요리를 못 하는 자신을 아니까 교과서를 볼 때보다 더 열심히 요리 과정을 봤는데, 마히루가 집에서 웃었다. 그렇게 심각하게 안 봐도 된다는 말인데, 일단 시비가 안 걸리게는 해야겠지.

고기가 익고 칼칼한 냄새가 나기 시작하는 것을 확인하고서, 타지 않게 고기를 주걱으로 알맞게 휘젓는다.

옆에서는 마히루가 나머지 화구를 써서 달걀 소보로를 만들고 있다. 달걀을 사랑하는 아마네를 위해서 보통 분량보다 많이 만드는 것이 왠지 쑥스럽지만, 아마네의 취향을 잘 아는 마히루의 배려가 고마웠다.

"시이나, 이건 더 볶아야 할까?"

"그래요. 조금만 더 졸이는 게 좋겠어요. 너무 졸이면 퍽퍽해지니까, 1분만 더 있다가 불을 꺼 주세요."

"응, 알았어."

수분도 거의 날아간 까닭에 타지 않게 주걱으로 휘저으면서 고개를 끄덕이니 마히루도 더 말하지 않고 자신의 작업으로 돌아갔다.

그런 아마네와 마히루를 옆에서 보던 치토세가 미묘하게 질린 듯 어깨를 으쓱했다.

"너희도 참…… 이걸 뭐라고 해야 할까, 신혼……."

"치토세 양, 된장국 준비하세요."

“꺄악~. 네~.”

왠지 모르게 한심한 비명을 지른 치토세가 냉장고에 된장을 가지러 가서, 아마네는 마히루에게 슬쩍 시선을 돌렸다.

“무슨 일 있어……?”

“아무 일도 없었어요.”

아무 일도 없었을 리가 없는데, 마히루가 입을 열 생각이 없어 보이는 관계로 답을 듣기를 포기하고 고기를 볶던 화구에서 불을 껐다.

마히루도 달걀을 다 볶고 데친 시금치를 썰어서 조미료로 무쳤을 때, 이츠키가 그릇을 챙겨서 돌아왔다.

“오래 걸렸네.”

“아, 미안해. 잠시 다른 조 애가 말을 걸어서.”

헤실거리는 이츠키는 얼굴과 달리 장난기가 없다. 이런 일로 농땡이를 부리진 않으니까, 정말로 누가 말을 걸어서 시간을 잡아먹은 거겠지.

누구와 이야기했는지, 뭘 이야기했는지, 그건 모르겠지만 왠지 마히루와 관계가 있을 것 같다. 들어도 상관없을 이야기라면 슬쩍 할 텐데, 아마네 대신 이츠키가 불만을 들었을 수도 있다. 어디까지나 추측이라서, 잘 모르겠지만.

“뭐, 그래도 맡은 임무는 잘 처리했어.”

그렇게 말하고 접시와 밥그릇을 올린 쟁반을 가리키는 이츠키에게 마히루가 온화한 미소를 짓는다.

"준비가 다 됐네요. 그러면 밥을 푸고 제출용 보고서에 쓸 사진을 찍은 다음에 먹어요."

"야호. 난 벌써 배가 꼬륵꼬륵해."

"그건 잇군이 아침밥을 못 먹어서 그러잖아."

"어쩔 수 없잖아. 늦잠을 잤으니까. 나는 왕곱빼기로 해도 될까?"

"괜찮아요. 저는 샐러드를 가지러 갈 테니까, 그동안 밥을 퍼 주세요."

"그럼 나도 갈게. 사진용으로 완성한 행인두부도 같이 둬야 하니까."

디저트를 포함하면 마히루 혼자서 다 챙길 수 없을 것 같아서 도와주겠다고 제안하니 온화하게 웃으면서 고개를 끄덕여 준다.

뒤늦게 치토세를 보내야 괜한 억측을 부르지 않겠다고 생각했지만, 이미 늦은 일이라서 아마네는 미묘하게 거리를 두고 조리실 안쪽에 있는 냉장고로 갔다.

마히루가 일을 잘 처리해 준 덕분에 아마네의 조 말고 다 끝난 데는 아직 없어 보인다. 여전히 대충 조리하는 조도 있어서, 점수가 심각할 것 같다고 남 일처럼 생각하면서 나란히 걷는다.

어느 조에서 남학생이 친구와 수다를 떨면서 조리하고 있었는지, 웃으면서 프라이팬을 든 손을 요란하게 움직이며 뒷걸음질 쳤다.

그 자리에 수프가 담긴 솥을 든 여자애가 있었다.

위험하다고 한순간 판단한 아마네는 잽싸게 마히루를 잡아서 그 자리에서 물러나게 했다.

좌악. 액체가 힘차게 쏟아지는 소리와 확 퍼지는 우유 냄새. 아래에서 희미하게 따스한 공기가 올라오는 것을 느꼈다.

크림수프를 만든 것이리라. 다소 걸쭉하고 하얀 수프가 반 컵 정도 바닥에 흐른 것을 확인하고, 다음으로 마히루에게 안 튀었는지 눈으로 확인했다.

"시이나, 화상은 안 입었어?"

"아……아뇨. 저한테는 튀지 않았어요. 그런데."

마히루도 갑작스럽게 일어난 일에 놀라서 몸이 굳었다.

부딪쳐서 수프를 흘린 여자애는 미안한 눈치고, 부딪힌 남학생은 얼굴이 새파랗게 질렸다.

"그쪽에는 안 튀었어?"

"어, 으, 응. 괜찮아. 미안해……!"

"아, 사과는 됐어. 나랑 시이나도 안 튀었으니까."

다행히 일찍 알아차려서 마히루와 아마네 모두 피해가 없다.

일단 솥을 화구에 올리고 사과하는 같은 반 여자애에게는 손을 슬쩍 흔들어서 안심하게 하고, 부딪힌 남자를 슬쩍 봤다.

같이 장난치던 남자들도 위험했다고 생각하는지 입을 나물고 있었다. 눈을 마주치지 못하고 안절부절못하는 것은 마히루에게 피해를 줄 뻔했기 때문이리라.

"야…… 교실에선 조금 장난쳐도 되겠지만, 불이나 칼을 쓰는 장소에서 장난치면 안 되지. 누가 다쳐서 흉터라도 남아 봐, 후회해도 소용없을걸. 이번에는 아무 탈도 없었지만, 만약 여자 몸에 상처라도 나면 어쩔 뻔했어. 너희가 책임질 수 있겠어?"

화상이든 자상이든 흉터가 남으면 장난으로 넘어갈 수 없다. 아마네는 조금 상처가 남아도 신경 쓰지 않지만, 다른 사람이, 특히 여자가 다치면 큰일이다.

여자는 흉터를 신경 쓰는 사람이 많고, 남자가 봐도 깔끔한 사람을 더 선호하는 풍조가 있다. 만약 이렇게 시시한 일로 다쳤다가 흉이 지면, 상처가 생긴 사람은 상대를 원망할 것이다.

마히루든, 다른 여자든 상관없다. 남에게 상처를 주는 행위는 화내고, 질타한다.

기본적으로 무기력하고 얌전하게 보이는 아마네가 눈을 가늘게 뜨고 다소 강한 어조로 경고하자, 이런 소리를 들을 줄 몰랐던 남학생은 "미, 미안해……."라고 의기소침한 눈치로 사죄했다.

"나한테는 사과할 것 없어. 부딪힌 야마자키랑 될 뻔했던 시이나에게 사과하는 게 좋아. 아무튼 다음부턴 조심해 줘. 위험하니까."

너무 세게 말해도 알력이 생길 것 같아서 말투를 부드럽게 풀고, 다시 마히루를 봤다.

지금껏 한 손으로 품에 끌어안고 있었는지 마히루는 얼굴을 희미하게 붉히고 있었다. 실수했다고 뒤늦게 뉘우쳐도 지금 동요했다가는 오히려 의심을 살 테니까 슬쩍 떨어지고, 표정이 바뀌지 않게 조심하면서 냉장고를 손으로 가리켰다.

© Hanekoto

"시이나, 허락 없이 만져서 미안해. 그리고 샐러드를 먼저 챙겨서 조 애들한테 돌아가 줘. 나는 이걸 닦고 갈 테니까."

"괘, 괜찮아. 부딪쳤어도 내가 흘린 거니까."

"어차피 관계자고, 우리 조는 이제 먹기만 하면 돼. 금방 끝날 테니까 걱정하지 마."

흘린 양은 얼마 안 되니까 닦는 데도 수고가 많이 들지 않는다.

난처한 눈치로 허둥대는 같은 반 아이에게 잠시 말하고, 교사에게 허가를 받았다. 그리고 조리대 위에 있는 키친 페이퍼 타월을 몇 장 뜯어서 수프를 빨아들인다.

몇 장만 있으면 양이 별로 되지 않는 수프는 금방 다 흡수한다. 나중에 물걸레로 닦으면 문제가 없겠지. 그렇게 생각했을 때 마히루가 어디선가 물걸레를 가져와 바닥을 닦았다.

"둘이서 하는 게 더 빠르니까요."

그렇게 속삭인 마히루는 정말로 천사님 같이 미소를 지어서, 그걸 가까이서 본 아마네는 도저히 버틸 재간이 없었다.

"고생했어."

바닥을 다 닦고 샐러드와 행인두부를 예정보다 5분 늦게 가져온 아마네와 마히루를, 치토세가 헤실헤실 웃으면서 맞이해 주었다.

이미 테이블에는 샐러드와 행인두부 말고는 아마네와 마히루가 먹을 것까지 다 차려진 상태라서, 아마네는 샐러드용 접시에 모두가 먹을 샐러드를 옮겨 담으면서 한숨을 쉬었다.

"왠지 피곤해."

"멋졌는걸. 그리고 의외로 대담하네."

"내가 좋으려고 만진 게 아니야. 그냥 두면 시이나에게 튈 것 같았으니까 하는 수 없이 그런 거라고."

천사님을 품에 끌어안는 행동을 보일 줄은 몰랐다. 급한 판단이어서 주위에서도 원망하듯 보지는 않지만, 역시 남자들은 부러운 눈치라서 왠지 거북하다.

마히루는 아마네의 말을 듣고 친한 사람들만 알 정도로 아주 조금 미간을 찡그렸다.

"저는 큰 도움을 받았어요. 안아 줘서 다행이에요."

"그야 앞치마와 교복을 망치고, 심하면 화상이 입을 참이었으니까. 상대도 반성하는 눈치여서 다행이야."

부딪힌 남학생은 주위에서 비난을 들어야 했다. 자칫 잘못했다간 부상자가 발생할 차였기에 교직원한테도 꾸중을 듣고 있는 듯하다.

아마네는 다친 사람이 없어서 다행으로 여긴다. 아마네가 직접 피해를 본 것도 아니다. 주변에서 보는 사람이 있는 가운데 마히루와 신체적으로 접촉했다는, 다른 의미로 화상보다 더 뜨겁게 데일 짓을 저질렀지만, 분위기로 봐서는 용서받은 듯하다.

"아마네도 이럴 때는 대담한데 왜 평소에는 그렇게."

"뭐라고 했어?"

"아무 말도 안 했어. 뭐, 아무튼 우리 점심은 무사히 완성했으니까 기념촬영 하자."

쓸데없는 소리를 하려는 것 같아서 시선과 목소리로 틀어막자 이츠키가 눈을 피하면서 실실 웃고 스마트폰을 든다.

조리법 확인과 보고서 제출이 있어서 스마트폰 사용이 되지만, 놀라고 허가한 게 아니다. 딱 봐도 사람에게 카메라를 돌려서 아마네는 황당하다는 듯이 이츠키를 봤지만, 치토세는 신나서 카메라에 찍히는 범위에 들어왔다.

"자, 어서. 마히룽도. 찍자."

"이것들이."

치토세가 보채자 마히루는 눈을 잠시 깜빡인 다음 희미하게 웃더니, 아마네의 옆에 의자를 딱 붙인다.

마히루, 너마저……. 그러자 아주 잠깐 짓궂은 웃음을 보여서 깜짝 놀랐는데, 곧바로 학교용 천사의 미소로 돌아와 있었다.

"자, 잇군도."

"저기 말이야, 사진을 찍을 사람이…… 오오, 마침 잘 왔어. 유타, 사진 찍어 줘."

"어? 갑자기 뭔데?"

냉장고에 들렀다가 온 건지 얇게 썬 돼지고기를 올린 쟁반을 가지고 우연히 지나가던 유타에게 스마트폰을 떠넘긴 이츠키가 아마네의 뒤로 돌아가서 앞쪽으로 손을 내밀어 V사인을 한다.

갑작스러운 일에 눈을 껌뻑이던 유타도 아마네의 앞에 완성된 요리가 있는 것을 보고 눈치챈 듯하다.

웃고 "하는 수 없지."라며 스마트폰을 든다.

"너희는 빨라서 참 좋네. 자, 찍는다."
"그야 우리는 우등생이니까."
"잇군은 오늘 작업한 게 별로 없지만."
"에이 그러지 말라고."
너스레를 떠는 이츠키에게 낚여서 무심코 웃었을 때 셔터 소리가 들린다.
표정을 지을 새도 없이 사진을 찍혀서 굳은 아마네에게 유타가 "잘 찍혔어."라고 웃으며 이츠키에게 스마트폰을 돌려주고 떠난다.
"오오, 아마네가 웃는 사진은 보기 힘든데."
"아마네는 항상 무뚝뚝하니까. 잇군, 나도 줘."
"오케이. 시이나 양은 치토세한테 받아."
마히루는 이츠키와도 연락처를 교환했다고 하는데, 주위에 사람이 있는 상황에서는 말하지 않는 게 제일이겠지.
그보다도 아마네가 사진을 확인하기도 전에 마히루에게도 송신한 사실이 신경 쓰인다.
마히루에게 시선을 돌려도 싱긋싱긋 아주 귀엽게 웃기만 하니까, 아마네는 끙끙대면서 사진을 보내는 광경을 지켜볼 수밖에 없었다.
"내 얼굴은 아무래도 좋으니까…… 빨리 먹자."
도망치듯 중얼거리니 이츠키가 히죽 웃어서, 아마네는 이츠키가 제자리로 돌아가기 전에 손가락으로 쿡 찌르고 고개를 돌렸다.

그 뒤에 이츠키와 치토세의 배려로 달걀 소보로를 곱빼기로 얹은 덮밥을 만족스럽게 웃으며 먹는 사진을 찍히는 치욕을 당했지만, 마히루는 즐겁게 웃기만 하고 두 사람에게 핀잔을 주지 않았다.

"아마네~ 오늘부터 우리도 같이 밥 먹을게!"

조리 실습이 있고 며칠 지난 날, 아마네는 싱글벙글 웃으면서 마히루를 데려온 치토세를 보고 얼굴을 실룩거렸다.

일단은 순서에 맞춰서 얼굴을 아는 사람에서 친구의 친구, 이어서 그럭저럭 말을 주고받는 친구 정도의 단계까지 왔지만, 같이 식사하는 것은 아무래도 너무 건너뛰는 게 아닐까.

그야 치토세가 이츠키와 같이 밥을 먹겠다는 명목이라면 마히루를 데려와도 단순히 친구를 데려온 걸로 무마하고 넘어갈 수 있겠지. 주위에서 조금 질투해도 의심하는 일은 없을 것이다.

치토세에게 손을 잡혀서 온 마히루는 부드럽게 미소를 짓고 평소의 천사님처럼 행동하고 있다.

하지만 왠지 한 방 먹였다는 표정으로도 보여서, 아마네는 머리가 지끈거렸다.

"아, 나는 자리를 피해야 할까?"

"그렇지 않아요. 우리가 합석을 요청하는 거니까요."

도망치게 두지 않겠다는 의지가 팍팍 느껴진다.

이번 제안은 치토세의 작전일 게 확실하다. 싱글벙글, 헤실헤실 웃는 치토세를 매섭게 노려봐도 본인은 모르는 척하고 있다.

이츠키도 사전 공작에 넘어갔는지, 아니면 치토세와 같이 식사해서 기쁜 건지, 평소처럼 웃으며 "같이 먹으면 좋잖아."라고 말하는 판국.

아마네는 역시 주변에서 부러워하는 시선에 압도당해 쩔쩔매고 만다.

"어라? 시라카와랑 시이나도 같이 밥 먹어?"

오늘도 같이 밥 먹을 작정으로 보이는 유타까지 고개를 쑥 내미는 바람에 아마네의 위장이 이상하게 쓰라리기 시작했다.

"네. 자리를 같이 쓰려고요."

"그래? 활기차겠는걸."

유타는 태평하게 웃는데, 활기고 뭐고 따질 때가 아니다.

반대하는 기색은 없다. 고작해야 마히루가 온다는 사실에 놀랄 뿐이다.

이미 끝났다.

"포기해, 아마네……. 포위망이 완성됐어."

유타에게 안 들리도록 이츠키가 조용히 말하자 아마네는 지친 듯 한숨을 푹 쉬었다.

"시이나는 도시락이구나."

아마네와 이츠키는 언제나 학교 식당에서 먹어서, 평소 교실에서 먹는 마히루와 치토세가 이쪽에 맞춰 주기로 했다.

남자들이 제각기 주문한 점심을 챙겨서 자리에 앉자 유타가 마히루가 꺼낸 도시락의 존재를 알아차렸다.

참고로 마히루는 아마네의 정면에 앉았다. 치토세가 거기 앉히는 바람에 도망칠 틈이 없었다.

"네. 저녁때 남은 찬거리로 채울 때가 많지만요."

마히루는 평일에 도시락에 쓸 요리를 만드는 일이 많은데, 저녁때 남은 찬거리를 아마네의 아침 식사용과 도시락용으로 따로 두니까 오늘은 그걸 가져온 거겠지. 어제저녁에 상에 오른 데리야키 미트볼이 도시락에 있었다.

"아하, 직접 만드는 거야?"

"네. 별로 대단한 건 못 만들지만요."

"마히룽, 거짓말은 나쁜 버릇이야. 요리 엄청 잘하면서."

"치이는 시이나의 제자가 되는 게 어때?"

"잇군 너무해."

"치이는 요리에서 맛을 내는 법만 배우면 돼. 요리 자체는 할 줄 아는데 말이지…… 맛을 너무 특이하게 만드니까."

지난번 조리 실습에서도 알 수 있지만, 치토세는 요리를 못 하는 게 아니다. 장난기가 발동하면 새로운 맛을 찾아서 정상에서 일탈한다. 그 버릇만 없으면 좋겠다고 이츠키가 자주 투덜댄다.

"그럼 나중에 마히룽한테 맨투맨으로 요리를 배워야지. 아마네를 실험 대상으로 불러서."

"실험 대상이라고 말하지 마. 그리고 시이나가 불편하니까 갑자기 그런 소리를 꺼내지 마."

"아뇨. 저는 불편하지 않아요. 치토세 양하고 같이 또 요리하는 게 기대돼요."

"와~ 마히룽 사랑해! 나도 기대할게! 아마네도 예정 비워!"
치토세는 마히루의 옆에 앉아서 활짝 웃고 마히루에게 찰싹 달라붙었다.
마히루도 미소를 지으면서 받아들이고 있어서, '완전히 친해졌구나.' 라고 감동했을 때—— 깨달았다.
(지금 다들 보는 앞에서 아무렇지도 않게 같이 노는 약속을 잡았잖아.)
치토세를 봐도 본인은 마히루와 사이좋게 웃고 있다. 일부러 그런 건지, 우연히 그렇게 됐는지, 알 수가 없다.
다만 주위에서 미묘하게 귀를 기울이고 있는 동급생들과 눈이 마주쳤을 때 '부러워 죽겠네' 같은 소리 없는 질투를 받아서 얼굴이 딱딱하게 굳었다.
"저기, 이츠키……."
"응?"
"이러다 나 죽지 않겠어? 괜찮을까?"
"괜찮아. 아마도."
마히루의 팬…… 마히루에게 관심이 있는 남자들의 시선이 쏟아져서 영 불안하나.
이번에도 치토세가 주도해서 살기를 느끼지는 않지만, 더 알기 쉽게 친해지고 나서 마히루가 뭔가 말할 때가 무섭다.
"잘됐잖아, 후지미야."
"내가 너였으면 별로 질투받지 않고 넘어갔을 텐데 말이야."
유타처럼 잘생기고 재능이 많은 인간이라면, 마히루와도 잘 어울리고 질투해도 소용없다며 포기하겠지.

"나는 후지미야가 부러운데 말이지."

"뭐가?"

"여러 가지로."

유타가 의미심장하게 말하고 쓴웃음을 지어서 고개를 갸우뚱할 수밖에 없다.

"뭐, 나는 유타의 마음을 이해할 수 있어."

"진짜로?"

"인간은 자신이 가진 것을 잘 모르는 법이야. 가진 자는 없는 자의 마음을 알 수 없으니까. 그러고도 자신에게 없는 것을 애타게 찾는 거지. 치이도 자주 그래."

"그렇다면?"

"시이나에게 있고 치이에게 없는 건……."

"잇군. 지금 이상한 생각 했지?"

이야기를 들었는지 치토세가 싱긋, 활짝 웃었다. 그런데 눈이 살벌하다.

'아, 이건 지뢰를 건드렸구나.' 그 사실을 깨닫고 두 사람이 사이좋게 이야기하는 것을 구경하고 마히루를 슬쩍 본다.

마히루는 치토세가 이츠키와 티격태격하기 시작해서 당황했지만, 아마네와 눈이 마주치자 도로 미소를 짓는다.

그것이 천사님의 미소가 아니라 평소 집에서도 보는 웃음에 가까워서, 아마네는 낯부끄러운 나머지 시선을 돌려야 했다.

"놀랐나요?"

집에서 마히루가 짓궂게 웃는 것을 보고, 아마네는 슬쩍 쓴웃음을 지었다.

"놀랐다고 할지. 이번에는 확 치고 들어왔다고 생각했는걸."

"천천히 하겠다고 했지만요. 슬슬 건너뛰려고 생각했어요. 그리고 아마네 군은 조금 억지를 써야 통한다고, 요새 이해했거든요."

"그러십니까."

아마네가 도망치려는 것을 아니까 더 적극적으로 나서는 거겠지. 뭐, 그때는 포위망 때문에 도망칠 수 없었지만.

아마네는 마히루가 그토록 밀어붙일 줄은 몰라서 식겁했지만, 이야기만 하고 스킨십은 없어서 그나마 안심했다.

집에서 그러는 것처럼 순수하고 순진하게 접촉했다간 질투의 칼날이 날아들 것이다. 본인은 가장 신뢰하는 사람에게 기대는 거겠지만, 주위 사람들은 모르는 것이다.

"그게, 되도록 아마네 군의 생활에 영향을 안 주는 선에서 조금씩 애쓰고 있는데요. 혹시 뭔가 일이 생기면 말해 주세요."

마히루도 자신의 영향력을 잘 알아서 되도록 급하게 접근하지 않게 조심하고 있다. 아마네도 그 점은 이해하고 있다.

천사님답게 남이 악의를 드러내지 않게 잘 접근해 주니까 다행이지만, 이번에는 치토세가 다소 지나친 감이 있다. 이미 늦었으니까 따지진 않지만.

"뭐, 아직은 괜찮아. 부러워하는 시선은 받지만."

"그런가요. 저기…… 시, 싫지 않나요……?"

처음에 아마네가 거리낀 것을 아직 마음에 두고 있나 보다.

"마히루가 외로움을 잘 타는 걸 아니까. 친구를 따돌리는 건 미안하고, 너도 피곤하겠지."

"친구……."

"응?"

"아뇨. 별거 아니에요."

불안한 표정이 이번에는 불만으로 바뀌어서 당혹스럽지만, 말할 생각은 없나 보다.

왠지 모르게 고개를 돌리는 마히루를 보고 이건 뭔가 기분을 상하게 했다고 깨달은 아마네는 좌우지간 머리를 쓰다듬어 주었다.

"머리를 쓰다듬으면 다 해결된다고 생각하는 건 아니죠?"

"그렇지 않아. 기쁘지 않을까 싶어서."

"기쁘지만요! ……아무한테나 이런 식으로 얼버무리려고 들지 마세요."

"마히루 말고는 안 하는데……."

애초에 달리 친한 여자는 치토세밖에 없다. 치토세를 쓰다듬을 일은 없다.

게다가 치토세가 기뻐할 리도 없다.

그렇다면 마히루밖에 없고, 마히루 말고는 그러고 싶지 않다. 마히루의 응석만 받아주고 싶으니까, 처음부터 다른 사람에게 할 이유가 없었다.

제법 진지하게 말했다고 생각했는데, 마히루가 고개를 푹 숙이고 쿠션을 잡아 탁탁 때리는 것을 보면 마음에 들지 않으셨나 보다.

말리는 게 좋을까 싶어서 손을 잡으니까 이번에는 팔뚝에 머리를 들이받았다.

아프지는 않지만, 요새 마히루가 조금 공격적인 것 같아서 당혹스럽다.

"아마네 군은 바보예요……."

"왜?"

"제가 얼마나 노력해야 하는데요……."

"뭐, 네가 무슨 소리를 하는지는 잘 모르겠는데. 너무 애쓰면 지치기만 하니까 적당히……."

"이건 노력하지 않고 어떻게 할 수가 없어요."

아마네의 팔뚝 아래에서 눈을 드러낸 마히루가 조금 원망스러운 눈치로, 그러면서도 수치심과 아주 작은 기대가 담긴 눈으로 빤히 쳐다봤다.

조금 촉촉해진 눈이 바로 앞에 있어서 시선이 이리저리 움직인다.

"겨, 결국 말이야. 마히루는 나한테 뭘 원하는 건데?"

"일단은 계속 쓰다듬어 주세요……."

그렇다면 아직 아마네에게 요구할 게 있다는 뜻이겠지만. 지금의 마히루가 더 요구할 것 같지는 않으니까, 아마네는 다시 마히루의 머리를 쓰다듬어서 기분을 풀려고 열심히 노력했다.

제7화 천사님의 제안

"슬슬 *골든위크 시즌이 오겠네."

선반에 둔 달력을 보고, 아마네는 나지막이 중얼거렸다.

4월에는 진급 관련으로 바쁘고 마히루가 학교에서도 친해지는 작전을 펼치는 통에 어수선하다 보니 훌쩍 지나갔다. 어느새 월말이 되어서 학생과 사회인 모두가 고대하는 골든위크가 눈앞에 다가와 있었다.

아마네는 딱히 공부가 싫지 않다. 굳이 따지자면 좋아하는 편이다. 학교에 다니는 것도 다소 귀찮기는 하지만 괴롭지는 않아서, 골든위크를 너무 반기는 것도 아니었다.

그저 느긋하게 지내는 시간이 늘어서 편하다고 생각한다.

올해 골든위크는 작년과 달리 마히루가 있으니까 지루할 일도 없겠지.

이미 휴일 중 하루는 '마히룽 요리 교실의 실험 대상' 이라는 이유로 치토세가 강제로 약속을 잡았으니까, 지루하기는커녕 시끄러워서 보통 난리가 아닐 것 같다.

"또 긴 연휴가 오네요……."

"어? 싫어?"

---

* 골든위크 : 일본에서 4월 말부터 5월 초에 있는 각종 휴일에 맞춘 연휴를 가리키는 말.

"싫지는 않지만, 어떻게 시간을 보낼지 고민돼요."

마히루 역시 비슷한 유형인 것 같다.

애초에 두 사람 모두 실내에서 주로 활동하니까, 뭔가 예정이 있지는 않다.

"그야 휴일은 반갑지만, 할 일이 없으면 말이지."

공부는 하루하루의 예습과 복습을 게을리하지 않으면 적당히 잘되니까, 굳이 휴일 내내 공부에 매달리고 싶지는 않다.

취미인 산책과 독서는 꼭 하고 싶다고 생각하는 게 아니라, 하고 싶어질 때 기분에 맞춰서 하는 거라서 예정을 잡지 않는다. 게임도 그러니까 정말로 예정이 없었다.

"아마네 군은, 한가한가요?"

"한가해."

현재 요리 교실의 실험 대상과 이츠키, 유타와 같이 노래방에 가는 약속을 잡은 게 전부다. 일주일 연휴니까 비는 날이 더 많다.

아마네가 "그냥 집에서 느긋하게 있어야지."라고 중얼거렸을 때 마히루가 가만히 쳐다보고 있음을 깨달았다.

"왜?"

뭔가 말하고 싶은 눈치라서 시선을 맞추자, 마히루가 테이블 위에 있는 스마트폰에 손을 뻗었다.

정확히 말하자면 스마트폰 케이스에.

마히루의 스마트폰 케이스는 다이어리 타입이라서 카드 등의 물건을 넣는 공간이 있는데, 그 카드첩에서 지퍼가 달린 작은 비닐백을 꺼냈다.

안에는 접힌 종이가 몇 개 있는데, 그중에서 하나를 꺼낸 마히루가 아마네에게 보이듯 펼쳤다.

그립다고 느끼기엔 시간이 별로 지나지 않았지만, 그건 한 달하고도 조금 전에 마히루에게 준 '뭐든지 들어주는 티켓' 이다.

개인적으로 잘 그렸다고 생각하는 곰돌이 그림이 있는 그것을 내민 마히루가 다시 아마네를 가만히 바라본다.

"써도, 되나요?"

"뭐든지 분부만 하시죠."

"골든위크 때, 아마네 군의 하루를 쓸게요. 쇼핑도 하고, 놀기도 하고 싶어요."

조심스럽게 "그래도 될까요?"라고 물어보는 마히루에게, 아마네는 슬며시 쓴웃음을 흘린다.

"저기, 그걸 안 써도 부탁하면 쇼핑 정도는 따라갈 거야."

아마도 소문이 난 그 남자 스타일로 함께해야 하겠지만, 부탁하면 그 정도는 같이 갈 테니까 굳이 티켓을 쓰지 않아도 된다고 생각한다.

오히려 이렇게 사소한 일에 부탁할 권리를 쓸 필요는 없다고 웃었지만, 마히루는 진지한 눈빛을 보이고 고개를 저었다.

"쓸 거예요……. 그날은, 뭐든지 부탁을 들어줘야 해요."

"정 그렇게 말한다면 상관없는데, 뭘 시킬 작정이야……?"

"지……짐을 들게 할 거예요."

"네. 분부대로 하겠습니다."

그렇게 무거운 짐을 들게 할 생각이냐고 딴지를 걸고 싶었지만, 마히루가 그렇게 말한다면 고개를 끄덕여 준다.

기본적으로 실내에서 주로 생활하는 마히루도 가끔은 외출을 즐기고 싶을 테니까, 아마네라도 괜찮다면 그 정도는 함께해 줄 것이다.

게다가 득도 있으니까.

뭐, 또 그 남자의 소문이 안 났으면 좋겠지만, 그게 무서워서 아무 데도 못 가면 참 시시하겠지.

"그래서? 어딜 가려고?"

"네? 그, 그건 안 정했는데요."

"안 정했구나……."

"그야 아마네 군이 어떤 델 좋아하는지, 모르니까요……."

"어? 나?"

"기왕에 같이 외출할 거라면 둘이서 즐겁게 지낼 곳이 좋아요."

소매를 붙잡고 간절히 보면서 "그러면 안 되나요?"라고 말하는데 안 된다고 할 사람이 있을까.

숨이 턱 막혀서 시선을 이리저리 돌린 다음, 머리를 벅벅 긁고 탄식했다.

"나는…… 마히루를 따라가려고 했는데 말이야. 저기, 그렇다면 말인데. 가고 싶은 곳이 있어."

혼자서는 가기 어렵지만, 한번 가 보고 싶은 곳이 있었다.

"어디죠?"

"웃지 마."

"안 웃어요."

"고양이 카페……."

그렇다. 귀여운 고양이가 잔뜩 있는 고양이 카페다.

아마네는 제법 동물을 좋아하지만, 차마 집에서 키울 수는 없어서 잡지나 다른 사람이 키우는 동물을 구경할 수밖에 없었다.

혼자 그런 카페에 가고 싶어도, 남자 혼자 돌격하는 것은 주위 시선이 부끄러워서 지금껏 실행에 옮기지 못했다.

마히루가 있으면 다른 사람의 눈을 의식하지 않고 갈 수 있다. 다른 의미에서 시선을 끌겠지만, 마음 편하게 들어갈 수 있을 것이다.

게다가 마히루가 고양이와 노는 모습은 참으로 귀여울 것이다. 그렇게 작은 흑심도 있지만, 아무리 그래도 입 밖에 꺼낼 수는 없었다.

"저기…… 둘이서 가면, 창피하지 않을 것 같아서. 안 될까?"

"아, 아뇨. 그렇지 않아요! 그러면, 저기…… 같이, 갈까요?"

"그래……."

받아들여 줘서 고맙기도 하고, 부끄럽기도 하고.

아마네는 미묘하게 얼굴이 뜨거워지는 것을 느끼면서도 이를 억지로 감추고, 허둥대는 마히루에게 슬쩍 웃는다.

"그러고 나서는 뭘 할까?"

"그다음에는, 함께 쇼핑하고…… 아, 게임센터에 가 보고 싶어요. 저는 그런 델 간 적이 없어서요."

역시나 귀한 집 아가씨 같은 마히루는 게임센터에 간 적이 없는 듯 관심을 보여서, 그렇다면 사회 공부도 겸해서 데려가 보면 된다.

아마도 마히루가 좋아하는 인형도 또 들어왔을 테니까, 같이 뽑는 것도 즐겁겠지.

"그렇다면 거기도 가자. 고양이 카페에 갔다가 밥을 먹고 쇼핑도 하고 게임센터에 가고, 그러면 되겠지."

"네."

당일 스케줄을 얼추 정하고 안심해서 한숨을 쉬자, 마히루가 아마네에게 얼굴을 보이듯 쳐다봤다.

"즐거울 거 같아요."

그리고 행복이 물씬 배어난 것처럼 순수하게 활짝 웃어서 숨이 막힐 뻔했다.

"얼른 휴일이 오면 좋겠네요."

그렇게 중얼거리고 진심으로 그날 외출을 기대하는 눈치를 보인 마히루가 해맑게 웃고서 들뜬 기색으로 쿠션을 꼭 끌어안았다.

한동안 넋이 나간 것처럼 그 얼굴을 바라본 아마네는 심장이 쿵쿵 뛰는 것을 느끼면서 "그래……."라고 목이 멘 것처럼 대꾸했다.

천사님의 기습 공격은 심장을 너무 세게 때린다.

제8화 천사님의 요리 교실과 장난

"제1회 마히룽의 요리 교실~!"

몇 분이면 완성되는 요리 방송 같은 배경음을 띄우면서 힘차게 선언하는 치토세를, 아마네는 귀찮은 기색을 감추지도 않고 지켜봤다.

무사히 골든위크에 돌입한 첫날에 마히루의 요리 교실이 개최된 것이다. 장소는 아마네가 사는 집이다.

이유는 단순하다. 마히루와 치토세가 모이기 쉽고, 아마네가 갈 수 있는 장소라서.

치토세의 집은 가족이 있어서 떠들 수 없다. 마히루의 집은 본인이 괜찮다고 했지만, 아마네가 여자애 집에 들어가길 거북해하는 바람에 아마네의 집으로 정해졌다.

앞치마를 걸친 치토세가 "예이~!" 하고 외치며 혼자 흥을 내고 있다. 마히루도 앞치마를 장착하고 치토세의 옆에서 쓴웃음을 짓고 있었다.

"강사로는 시이나 마히루 선생님을 모셨습니다!"

"네가 모신 게 아니라, 네가 우리 집에 초대받은 거야."

"그리고 모르모트…… 게스트로는 유달리 요리에 잔소리가 많은 후지미야 아마네 씨를 모셨습니다."

"군소리가 많네. 그리고 여긴 내 집이야."
"아이참, 분위기 흐리지 마."
아침부터 치토세의 기운에 따라갈 수가 없을 뿐이다.
현재 시각은 오전 9시 정각을 지났다.
점심 식사에 맞춘 요리 교실이라고 해서 이 시간대에 집합한 것이다.
별로 상관없지만, 은근 일찍 일어나서 치토세의 기운을 감당하기 힘들다.
"죄송해요……. 아침부터……."
"아니, 괜찮아. 점심을 차려 주는 거니까. 뭐, 그건 그렇고. 치토세가 이상한 걸 넣지 않나 잘 감시해 줘."
"사람을 믿지 않네."
"밸런타인데이 때의 네 전과를 잊지 말아야지……?"
치토세가 장난을 친 초콜릿의 맛은 잊을 수 없다.
아무것도 안 들어간 것은 당연히 맛있었지만, 함정 초콜릿의 엄청난 맛은 지금도 떠올릴 정도로 충격이 컸다.
그걸 그냥 먹을 수 있다고 말한 치토세의 미각은 신용할 수 없다.
"아하하, 그건 장난친 거니까. 그냥 잘 만들면 괜찮아. 아마도."
"아마도 그렇다니까 걱정하는 거야, 이 바보야. ……제발 부탁하니까 내가 먹을 수 있게 만들어."
"알았대도."

치토세가 "나만 믿어."라면서 소매를 걷어붙이고 자신만만하게 말하니까 불안하지만, 아마네는 마히루가 어떻게든 해 주리라 믿고 가만히 지켜보기로 했다.

마히루는 남에게 먹이는 음식에 타협하지 않고, 요리 교실이라는 점에서 완벽한 요리를 만들 의욕이 넘치니까 괜찮겠지.

치토세를 본받아서 익숙한 우리 집 주방에 가서 오늘 메뉴로 추정되는 요리의 이름을 말하고 있다.

참고로 오늘 점심은 *키슈와 샐러드, 새우를 쓴 비스크, 남은 새우로 소테를 만든다고 한다. 새우를 먹고 싶다고 한 아마네의 희망에 응해 준 듯하다.

이거라면 망칠 일이 거의 없겠지. 그럴 테지만, 치토세가 키슈에 이상한 재료를 넣지 않을까 걱정된다.

"왠지 이상하게 의심하는 것 같아……."

의심하는 눈으로 보는 것을 눈치챘는지 못마땅한 표정을 짓는 치토세에게서 눈을 돌리고, 소파에 털썩 앉았다.

솔직히 맛을 보라는 이유로 호출된…… 집에 있는 아마네로선 할 일이 없다.

마히루를 도우라면 할 수도 있지만, 그건 치토세가 할 일이다. 애초에 마히루가 아마네에게 앉아 있으라고 지시했으니까 움직일 수 없다.

그래서 참 심심했다.

---

* 키슈, 비스크 : 키슈는 프랑스 알자스, 로렌 지방의 향토요리. 파이 요리의 일종. 비스크는 프랑스 요리. 새우나 게 등의 갑각류를 삶아서 만든 크림수프의 일종.

주방을 보니 앞치마를 걸친 여자 둘이 사이좋게 이야기하면서 조리를 시작했다.

두 사람 모두 방향성은 다르지만 미소녀다. 그런 미소녀들이 앞치마 차림으로 자신의 집에서 요리하는 상황은 남자라면 누구나 탐낼 것이라고, 왠지 남 일처럼 생각하면서 멍하니 바라본다.

저 장난꾸러기 여자애가 뭔가 저지르지 않을까 다시 불안해지면서도, 아마네는 한가함을 못 참고 천천히 눈을 감았다.

어차피 몇 시간은 걸릴 테니까 잠시 눈을 붙여도 상관없겠지. 어차피 자기 집이니까 혼낼 사람은…… 마히루밖에 없다.

흐암. 작게 하품하고, 아마네는 소파에 몸을 기댔다.

정신이 들고 보니, 달달한 냄새가 근처에서 났다.

친숙하다고도 말할 수 있는, 뭐라 형언할 수 없는 냄새. 우유처럼, 꽃처럼 달고 편안한 향기를 무심코 훅 들이마신다.

의식이 몽롱한 상태로 그 냄새가 나는 곳에 얼굴을 가까이 대보니 온기가 느껴지고 조금 부드러운 감촉이 들었다.

닿기만 해도 마음이 편해지는 사람의 맨살 같은 그것을 탐닉하려고 뺨으로 더욱 문대자 들썩거리는 진동이 느껴졌다.

"저, 저기…… 간지러운데요……."

곤혹스러움이 섞인 가냘픈 목소리가 바로 옆에서 들리고, 무언가가 다리를 찰싹찰싹 때린다.

몽롱한 의식이 그물에 걸린 것처럼 빠르게 부상해서 무거운 눈꺼풀을 올려 보니…… 시야에 매끄러운 유백색이 펼쳐져 있다.

조심조심 고개를 들자 난처한 듯, 수줍은 듯, 그런 표정을 지은 마히루의 얼굴이 지척에 있었다.

"마히루……?"

"네."

"안녕……."

"잘 주무셨나요……. 벌써 낮이지만요. 보세요."

선반에 있는 디지털 시계를 보니 정오가 이미 지났다.

아무래도 오래 잠들었나 보다. 그걸 깨달은 것은 그렇다 쳐도, 왜 마히루가 옆에 있을까?

"옆에 앉았더니 몸을 기댔어요."

아마네의 의문에 대답하듯이 말하는 마히루의 뺨은 조금 불그스름했다.

보아하니 마히루의 어깨 근처에 얼굴을 파묻고 말았나 보다. 오늘 입은 옷에는 목둘레가 넉넉해서 맨살이 많이 노출됐는데, 그곳에 얼굴을 댄 듯하다.

자칫하면 성희롱 범죄가 될 수 있으니까 화가 났으면 화냈으면 좋겠는데, 마히루는 화내는 것보다 부끄러워하는 기색으로 눈을 내리뜨기만 했다.

차라리 화내면 좋겠는데, 그렇게 반응하면 참으로 곤란하다. 허락하는 것 같아서 멋쩍다.

"저기, 미안해. 불쾌했지?"

"아, 아뇨. 그렇지는 않아요!"

"오히려 마히룽은 '아마네 군이 잠에 취해서 응석을 부린다'

고 받아들였는데."

"치토세 양!"

아무래도 조금 떨어진 곳에서 구경한 듯, 치토세가 싱긋싱긋…… 아니, 히죽히죽 웃으면서 말을 덧붙이는 바람에 마히루의 뺨이 더욱 빨개졌다.

"둘이서 어느새 이름으로 부르는 사이가 됐을까?"

"치토세……."

"째려보지 마. 너도 실수한 건데?"

그렇게 말하면 입을 다물 수밖에 없다.

잠결에 긴장이 풀려서, 치토세가 있는데도 마히루의 이름을 부른 것은 아마네의 실수다.

"뭐, 마히룽한테 들어서 이름으로 부르는 걸 알았지만."

"너 진짜."

"죄, 죄송해요."

"아니야. 마히루한테 뭐라고 한 게 아니야."

실수로 비밀을 누설한 것에 화냈다고 착각한 마히루에게 허겁지겁 고개를 젓자 치토세가 키득키득 즐겁게 웃기 시작한다.

"나는 별로. 마히룽과 아마네가 사이좋아서 참 보기 좋다는 생각만 했는걸? 잘못한 것도 아니잖아."

"너는 착각이 심하잖아. 네가 생각하는 그런 게 아니야."

"흐~응?"

"왜 그러는데."

"아니야. 딱~히 아무것도 아니~야."

아무것도 아니라면서도 뭔가 할 말이 있어 보이는데, 말로 표현할 생각은 없는지 어깨를 으쓱했다.

이러면 다그쳐도 소용없으니까 치토세에게 물어보는 것은 포기한다.

옆에 있는 마히루는 미묘하게 눈꼬리가 축 처졌다.

“마히루……?”

“네? 아, 아무것도 아니에요.”

말을 걸었더니 정신을 차린 것처럼 황급히 웃고 고개를 저어서 더는 추궁하지 못하고 입술을 굳게 다물 수밖에 없었다.

“그래서 말인데…… 점심도 다 됐으니까, 먹을 거지?”

“먹을 거지만, 정말로 어느새 점심이 다 됐네…….”

“쿨쿨 잤으니까. 도중에 자는 얼굴을 구경하면서 장난칠 시간도 있었는걸?”

“장난친 건 아니겠지?”

“안 쳤어~.”

장난치지 않았다고 해도 별로 신용할 수 없는 것은 치토세의 평소 행실 탓이리라.

“왜 그러니, 아이야.”

“장난치는 것 말고는 한 거지?”

“딱히~? 난 아무것도 안 했거든요~.”

“진짜로? 마히루, 얘가 아무 짓도 안 했어?”

확인차 마히루를 보지만, 마히루는 갑자기 화제가 넘어와서 난처한지 눈꼬리를 축 늘어뜨리고 쓴웃음을 지었다.

"치토세 양은 아무 짓도 안 했는데요……."

"그래? 했으면 주먹으로 머리를 꽉 조여 주려고 했는데."

"폭력 반대!"

그렇게 말하면서도 깔깔 웃는 치토세가 어이없어서 한숨을 쉬었다.

오래 기다렸다고 말할 것도 없이 아마네는 잠드는 바람에 시간의 흐름을 느끼지 않았지만, 점심을 먹을 때가 됐다.

치토세도 이번만큼은 성실하게 만든 듯, 테이블에는 예쁘게 구워진 키슈와 새우 냄새가 진하게 나는 비스크가 놓여 있다.

이번에는 원 플레이트 메뉴라서 샐러드와 키슈, 비스크에 새우 소테로 알록달록하게 꾸민 것이 카페에서 나오는 점심 메뉴처럼 보였다.

"오, 맛있어 보이는걸. 마히루, 맛은 어때?"

"괜찮아요. 이상한 것도 안 넣고 맛도 미리 봤어요."

"다행이군."

"아이참, 얼마나 의심하는 거야. 오늘은 멀쩡하게 만들었다고요."

말이 심하다고 툴툴대지만, 그렇게 말하고 뒤통수를 칠 때도 많으니까 반신반의할 수밖에 없겠지.

이번에는 마히루가 감수해서 안심하고 먹을 수 있다.

"아, 키슈는 마히룽이 만든 거야. 나는 잇군한테 줄 걸 만들었으니까."

"키슈를 통으로 주는 거냐……."

"손바닥 사이즈로 작게 만들어서 괜찮아. 에헤헤, 잇군이 기뻐해 줄까?"

마히루가 활짝 웃는 치토세를 흐뭇하게 바라보고 있다.

치토세는 장난만 안 치면 기본적으로 남자친구를 아끼는 소녀라서, 이츠키도 참 착한 아이를 사귀었다는 생각에 가슴이 조금 푸근해진다.

다만 도가 지나칠 때가 있으니까 완전히 신뢰했다간 조금 위험하지만.

싱글벙글 웃는 치토세에게 아마네도 슬쩍 웃고, 눈앞에 차려진 접시를 보고 손을 맞댔다.

"잘 먹겠습니다."

"그래. 맛있게 잘 먹어."

환하게 웃는 치토세는 얘도 역시 여자애라고 생각할 만큼 매력이 있었다.

"저기…… 죄송해요."

치토세가 떠난 뒤, 마히루가 갑자기 사과했다.

왜 사과하는지 몰라서 눈을 동그랗게 뜨고 옆에 앉은 마히루를 보니, 몸을 옴찔옴찔 움츠리고 미안한 기색으로 눈꼬리를 늘어뜨리고 있었다.

"장난을 쳐서요……."

"장난?"

"치토세 양은 아마네 군에게 아무 짓도 안 했는데…… 제가."
"어? 마히루가?"
그야 치토세 본인은 아무 짓도 안 했다고 말했고, 마히루도 치토세가 안 했다고 말했다.
마히루 본인이 뭘 했다고는 한마디도 안 했다.
아마네는 마히루가 자신에게 뭔가 할 거라고는 전혀 생각하지 않아서 무의식중에 제외했는데, 아무래도 그 마히루가 뭔가 저지른 듯하다.
죄책감에 자백했는지, 미묘하게 미안한 눈치다.
"뭘 했는데?"
"그게, 볼을 찔러 봤어요……."
"그게 장난인가……?"
"그, 그리고, 아마네 군이 잠든 얼굴을 구경하거나 머리카락도 만지거나 했어요."
"마히루는 그걸 참 좋아하는구나."
"네, 그래요……."
"그게 다야?"
"네……."
시무룩. 반성하는 태도를 보이는데, 그건 장난이 아니라고 딴지를 걸고 싶어진다.
마히루가 한 것은 장난이 아니라 스킨십이다.
그게 장난이면 아마네는 마히루에게 못된 장난을 친 셈이니까, 그걸 장난으로 판정하면 곤란하다.

"딱히 화내는 게 아니야. 뭐, 네가 즐거우면 상관없지 않을까? 남들 앞에서 방심하고 잔 내가 잘못한 거니까."

"고, 고마워요……."

"뭐, 나 같은 자식이 자는 걸 봐도 즐겁지 않겠지만……."

"귀여웠는걸요……?"

"사내자식이 자는 걸 보고 귀엽다고 말하는 사람은 너밖에 없어."

"아니에요. 치토세 양도 그렇게 말했어요."

"그건 확실하게 놀리는 의미인걸……."

치토세는 무조건 재미로 귀엽다고 말했을 것이다.

마히루가 생각하는 귀여움과는 차원이 다르니까, 너무 믿지 말았으면 좋겠다.

"귀여워서, 무심코……."

"무심코?"

"볼을 많이 찔렀어요."

"남자의 볼을 찔러서 뭐가 좋은데."

"즐거운데요?"

아마네 자신은 볼이 여자보다 딱딱해서 찔러도 재미없다고 생각한다.

마히루가 어떤 재미를 붙였는지 모르겠지만, 볼을 찌르는 행위가 즐겁다면 불평할 수 없다.

"뭐, 마음은 이해해. 네 볼도 찌르면 감촉이 좋으니까."

마히루가 했다는 장난을, 본인에게도 해 본다.

그래도 너무 막 만져도 문제니까 손끝으로 부드러운 볼을 살살 찔렀다.

마히루의 볼은 역시 여자애답게 부드럽고, 떡처럼 말랑말랑한 감촉이 있다. 군살은 없지만, 질감이 부드럽다고 표현해야 할까.

피부는 잘 관리해서 매끄럽고 생기가 있다. 만지기만 해도 즐거울 만큼 감촉이 좋았다.

마히루가 만졌으면 자신도 만져도 되지 않을까. 그렇게 자신에게 변명하면서 마히루의 볼을 가볍게 잡았다.

쭉. 부드럽게 늘어나는 볼.

마히루가 조금 불만스럽게 쳐다봐서, 역시 너무 막 만지면 안 되니까 달래려고 슬쩍 손가락으로 쓰다듬는다.

그렇다. 새끼 고양이를 만질 때처럼. 부드럽고 조심스럽게.

"응……."

불만스러운 표정은 금방 사라지고, 뭔가를 입에 머금은 것처럼 푸근하게 풀어진 웃음이 떠오른다.

꿀을 가득 머금은 것처럼, 달콤한 느낌이 나는 얼굴이다.

(정말이지 온순하다고 할까…….)

남자가 만지는데 이렇게 웃는 마히루의 온순함이 걱정되지만, 애초에 마히루는 남자가 몸에 손대게 하지 않는다는 사실을 떠올리고 조금 부끄러워진다.

어느 정도는 특별하게 대해 준다고 실감해서, 소파 등받이에 머리를 박고 싶어졌다.

이런저런 먹먹함과 충동을 감추려고 마히루의 턱 아래에 손을 뻗고, 이번에는 정말로 고양이를 만지듯이 손가락을 벅벅 움직였더니 "햐앙!" 하고 작게 목소리가 튀어나왔다.

"뭐, 뭐 하는 건가요……?"

"고양이 카페에 갔을 때의 연습."

"사람한테 해서 어쩌려고요……."

"마히루는 고양이 같으니까. 강아지 같기도 하고, 토끼 같기도 해."

"그게 무슨 뜻인가요……?"

"그냥 그렇다는 뜻이야."

요새 안 사실이지만, 마히루는 고양이와 강아지와 아주 약간의 토끼 요소를 더해서 3으로 나눈 분위기가 있다.

처음 알고 지냈을 때는 완전히 경계심이 강한 고양이였는데, 친해지면서 강아지처럼 사람을 잘 따르고…… 이 정도는 아니더라도, 친해진 사람에게는 웃는 얼굴을 보이며 쫓아오는 모습을 보여주게 되었다.

토끼는, 아마네가 생각하는 토끼가 외로움을 잘 타니까 추가했을 뿐이지만.

귀여워해 주고 싶어진단 말이지. 본인이 거부하지 않는 걸 빌미로 턱 아래를 쓰다듬었더니, 마히루가 "머리가 더 좋은데요."라고 작게 말을 흘려서 순순히 머리를 쓰다듬어 줬다.

이런 구석이 강아지 같다고는 굳이 말하지 않았다.

"제가 고양이랑 강아지랑 토끼라면…… 아마네 군은 늑대 같아요."

"내가 그렇게 여자를 덮치게 생겼어……?"

"그, 그런 뜻이 아니고요. 늑대는 동료를 아낀다고 해요. 같은 무리의 동료를 정말 소중하게 여긴다나 봐요. 그야 무리는 기본적으로 가족으로 형성된다니까 그런 의미에선 조금 다르지만요. 아마네 군은 일단 가까워진 사람은 무척 소중하게 대하니까요."

"뭐…… 그럴지도 모르겠지만."

아마네의 교우 범위는 좁다. 친하다고 할 사람은 두 손에 꼽힌다.

다만 사이좋은 사람은 되도록 잘 대하고 싶고, 소중히 여기고 싶다. 그런 면을 늑대라고 한다면 딱히 부정하기 어려울지도 모른다.

"게, 게다가…… 그랬으면 좋겠다고 할까요."

"그랬으면 좋겠어?"

"아뇨…… 아무것도 아니에요. 무시해 주세요. 저기, 털도 복슬복슬해서 늑대 같아요."

"그건 늑대 요소가 아닌데."

뭔가 다른 말을 하려다가 그만둔 마히루가 아마네의 머리카락을 만져서, 아마네는 추궁하지 않고 마히루가 편하게 머리를 만지게 내버려 뒀다.

치토세의 요리 교실이 있었던 다음 날인 오늘도 마히루는 치토세와 같이 논다는 듯, 아마네가 먹을 점심을 차린 다음에 외출했다.

굳이 아마네의 점심밥을 차리지 않아도 알아서 챙겨 먹을 수 있는데, 마히루가 성실하게 차려서 같이 먹으니까 얻어먹는 아마네는 아무 소리도 못 하고 마히루의 호의를 달게 받아들였다.

왠지 모르게 들뜬 기색으로 아마네의 집을 나선 마히루를 뒤에서 배웅하고, 아마네는 남는 시간을 어떻게 지낼지 한숨을 쉬었다.

현재 시각은 오후 1시 30분을 지났다. 마히루가 외출했듯이 바깥에 나가기에는 문제가 없는 시간인데, 딱히 예정도 없는 아마네는 외출할 의욕이 안 생긴다. 누군가와 같이 논다면 그나마 기력을 쥐어짜서 나갈 테지만, 놀 사람도 없는데 굳이 집에서 나갈 필요는 없겠지.

그렇다면 뭘 할지가 문제인데, 집에서 심심함을 달래는 방법은 제법 한정되는 법이다.

가장 흔한 방법은 게임이나 만화책인데, RPG 장르는 시나리오를 깨고 반복 요소도 끝장을 봤다. 파티 게임은 혼자서 해도 전혀 재미가 없다.

그렇다면 만화책이나 소설책인데, 기본적으로 안 보고 쌓아 둔 책은 없는 데다가 여러 번 봐서 전개를 외우고 있다. 애초에 아마네는 독서 속도가 빨라서 한 시간만 지나면 만화책 시리즈 하나는 독파할 것이다.

그렇다고 달리 할 일이 있냐면 그렇지도 않아서 곤란하니까, 아마네는 이를 어쩌지 싶어 고민하고 좌우지간 방에 가서 책상 책꽂이에 있는 참고서를 빼서 펼쳤다.

(치토세가 보면 이상하다는 표정을 짓겠군.)

할 일도 없고, 골든위크 중이라도 숙제는 있다. 그리고 골든위크 다음에는 중간고사가 기다리고 있다.

원래부터 공부를 좋아하는 편인 아마네는 할 일이 없다면 공부해서 시간이나 때우면 된다고, 모범생 같은 생각을 한 것이다.

어차피 숙제는 처리해야 하고, 내일 외출을 걱정 없이 즐기기 위해서라도 학생의 본분을 다하는 게 좋겠지.

기본적으로 성실한 아마네는 그대로 책상 앞에 앉아 숙제를 하려고 샤프를 쥐었다.

어느새 오후 6시가 지났다.

진지하게 집중해서 빠져들면 다른 데 눈이 안 가는 아마네는 창문으로 들어오는 해가 조금씩 기울기 시작한 것에 쓴웃음을 지으면서 뻣뻣해진 몸을 풀려고 가볍게 어깨를 돌리면서 방을 나섰다.

복도에 나오자 금방 주방이 보이는데, 주방에는 공부하는 중에 화장실을 갔을 때는 없었던 마히루가 앞치마 차림으로 있었다.

아무래도 외출을 마치고 돌아온 듯하다.

현관문이 열리는 소리도 모를 정도로 집중한 것은 좋은 일이지만, 맞이하지 않은 것은 별로 좋지 않으리라.

"잘 다녀왔어? 맞이해 주지 못해서 미안해."

"아뇨. 그건 괜찮은데요……. 저도 말을 걸지 않았으니까요. 방에서 뭔가 한다고 생각했으니까요."

"방에서 숙제했어."

조용해서 진도가 잘 나갔는데, 너무 집중한 탓인지 몸이 약간 뻐근하다. 자세를 좀 바꾸고 공부할 걸 그랬다고 후회하고 있는 참이다.

말하면서 가볍게 스트레칭을 하는 아마네에게, 마히루가 작게 웃음소리를 냈다.

"부지런하네요."

"나는 숙제를 먼저 끝내고 놀고 싶은 타입이니까."

"저도 그래요. 공부는 꾸준히 하지만요."

"네가 훨씬 부지런한데 말이지."

아마네도 꾸준히 공부해서 머리에 반복적으로 각인하는 타입이지만, 마히루처럼 치밀하게 하지는 않는다.

참고로 이츠키는 먼저 끝내고 놀기만 하는 타입, 치토세는 먼저 놀고 나서 매달리는 유형임을 작년 여름 방학 때 이해했으니까, 올해 여름 방학 후반에는 엄청날 것 같다.

"습관이 되면 별로 불편하지도 않아요. 그게 당연한 일이 되면 아무 생각도 안 드니까요."

"대견한걸. 나도 당연히 여길 정도로 노력해야겠어."

그 노력을 모르는 사람은 마히루를 천재, 하늘에서 재능을 받은 소녀 등으로 평가한다. 아마네는 마히루가 천재임을 부정하지 않아도, 그보다 노력파임을 안다.

겉으로는 그다지 드러내지 않을 뿐, 보이지 않는 곳에서 노력을 아끼지 않는다. 그렇기에 성적과 용모와 운동 능력이 모두 뛰어나다.

마히루의 노력을 아니까 인정하고 칭찬하지만, 그렇다고 시샘하진 않는다. 마히루의 능력은 노력 끝에 얻은 것이므로, 똑같은 것을 원한다면 그만한 노력이 필요하리라.

마히루 같은 영역에 도달할 것 같지는 않지만. 성적은 좀 올려야 하겠다고 생각한 아마네가 감탄하자 마히루가 수줍은 듯이 눈꼬리를 내렸다.

"그렇게 칭찬해도 내줄 건 없어요. 고작해야 식후 푸딩 정도예요."

"어? 더 칭찬할까?"

"욕심에 눈이 멀었네요."

피식 웃는 마히루를 슬쩍 곁눈질하고 냉장고 문을 열어 보니 정말로 푸딩이 있다. 시중에서 파는 물건이지만, 이건 치토세가 좋아하는 제과점의 푸딩으로, 아마네도 좋아하는 상품이다.

마히루가 직접 만든 것이 제일이지만, 이것도 맛있으니까 기운이 확 솟아났다.

마히루가 단번에 표정이 밝아진 아마네를 보고 키득키득 웃어서, 정신을 차리고 보니 왠지 부끄러운 기분이 들었다.

"정말로 달걀을 좋아하네요."

"그래, 좋아해."

이미 먹는 취향을 다 간파한 마히루에게 얼버무릴 필요는 없어서 솔직하게 긍정했더니, 왠지 마히루가 경직했다.

다 씻은 감자를 손에 들고서 경직한 마히루를 보고 무슨 일인가 싶어서 얼굴을 살피려고 했더니 갑자기 홱 뒤돌아서 등을 보인다.

"마히루?"

"별일 아니에요……. 그나저나 도울 생각이 없으면 주방에서 나가기를 권하겠어요."

"갑자기 신랄하네. 도와주려고 오긴 했는데……."

아무리 그래도 마히루에게만 집안일을 시킬 수는 없고, 몸을 움직이는 편이 몸이 풀리는 데도 딱 좋겠지.

주방 선반에 둔 아마네의 앞치마를 걸치자 마히루가 말없이 씻던 감자를 몇 개 보울에 담아서 필러와 세트로 줬다. 그동안에도 눈을 마주치려고 들지 않았다.

"참고로 묻겠는데, 이 감자는 뭐가 되는 거야?"

"포테이토 샐러드를 만들 예정이었는데, *프리타타의 재료로 쓸 거예요."

"그건 노선 변경이 심한데?"

"괜찮아요. 주방의 왕은 저예요. 제 말에 따르세요."

"자, 잘 모르겠지만. 그렇긴 하지."

아마네의 집 주방이지만, 요리는 주로 마히루가 하니까 실질적으로 이 주방의 관리자는 마히루다. 애초에 아마네는 마히루보다 주방 사정을 모르므로, 순순히 시키는 대로 해야 하겠지.

---

* 프리타타 : 이탈리아 요리. 달걀을 풀고 재료를 섞어서 굽는 오믈렛의 일종.

기분이 좋은 건지 나쁜 건지, 아마도 후자 같지만. 조금 퉁명한 마히루에 말투에 곤혹스러워하면서도 손을 씻고 감자를 깎기 시작한다.

필러로 다치거나 실수할 일은 거의 없어서 마음 편하게 깎는 동안 마히루가 자기 작업을 시작했다.

갑자기 생각난 것처럼 식단을 바꾼 듯한데, 애초에 냉장고 내용물을 가장 잘 아는 사람이 마히루니까 문제는 없겠지.

"그러고 보니…… 오늘은 밖에서 뭘 했어?"

두 사람이 나란히 있어도 요리하는 데 여유가 있는 주방이라서 같이 작업하고 있는데, 말없이 작업만 해도 나쁘지는 않지만 심심하니까 화제를 하나 꺼냈더니 마히루가 몸을 흠칫 떨었다.

"아…… 그게 말이죠……. 사, 상담을 받았다고 할까요."

"뭔가 고민거리가 있었나. 해결했어?"

사실은 고민거리가 있다면 아마네에게 상담하면 좋겠다고 생각하지만, 같은 여자가 아니면 모르는 고민도 많을 테니까 억지로 참견할 수도 없다.

"네, 그래요. 해결됐는지는 나중에 알 수 있지만요."

"흐응. 그렇다면 잘됐지만."

해결했다면 아마네가 더 말할 것도 없고, 물어보기도 뭐하니까 입을 다물었다. 그러자 마히루가 머뭇거리듯 앞치마를 잡아당겼다.

"아마네 군……."

"응?"

“저, 저기, 아마네 군은…… 청초한 것과 어른스러운 것, 뭐가 더 좋나요?”

갑작스러운 질문에 눈을 껌뻑였지만, 마히루는 난처한 기색으로 아마네를 쳐다보기만 하고 질문의 이유는 말하지 않았다.

아마도 예상하는 거지만, 내일 외출 때 어떤 차림이 좋을지를 물어보는 것이리라.

“본인에게 어울리면 되지 않겠어?”

“아마네 군의 취향을 말하는 거예요.”

“그렇게 말해도 말이지. 본인에게 어울리는 옷을 보는 게 즐겁고, 본인이 입고 싶은 옷을 입어서 즐거운 게 제일이라고 보는데.”

“……아마네 군의 취향을 말하는 거예요.”

“으엑……”

마히루가 좋아하는 옷을 입는 게 제일이라고 보는데, 그 말로는 이해하고 넘어가지 않는 듯하다.

“어느 쪽이든 좋을 것 같은데. 청초한 것은 마히루의 분위기와 어울려서 귀여울 테고, 어른스러운 것은 마히루의 미모를 부각할 테니까. 어느 쪽이든 잘 어울릴 것 같아. 각각 장점이 있을 테니까 실물을 안 보면 뭐가 취향인지 잘 모르겠는데.”

“참…… 아, 아마네 군은 은근히 그런 말을 아무렇지도 않게 하네요…….”

“아니, 마히루가 물어봤잖아. 아…… 그러면 청초한 걸로.”

뭐가 좋은지 답을 내주길 바라는 눈치여서 굳이 말하자면 그게 보고 싶다고 전하자, 마히루가 아마네에게 등을 돌리고 "그럼 그걸로 할게요."라고 대답했다.

"여유로운 아마네 군의 간담이 서늘해지게 노력할게요……."

"그건 청초함과 거리가 먼 것 같은데."

"그렇다면 아마네 군의 넋이 나가게 할게요."

"너무 나가면 곤란한데."

"얌전히 곤란해 보세요."

오늘은 마히루의 말투가 왠지 강압적인데, 아마네는 그것도 귀여워서 슬쩍 웃고 감자를 깎는 작업을 계속했다.

제9화 천사님과 외출

"좋은 아침이에요, 아마네 군."

보통은 다른 사람과 외출할 때는 약속 장소에서 대기하는 것부터 시작하는데, 마히루와는 마히루가 아마네의 집에 찾아오는 것으로 시작됐다.

옆집에 사니까 일일이 약속 시간과 장소를 잡지 않아도 되겠다고 하는 합리적 판단에 따라 마히루가 집에 찾아왔다.

역시나 오늘의 마히루는 평소와 달랐다.

"좋은 아침이야. ……오늘은 머리를 올렸네?"

"고양이와 놀 때는 방해가 되니까요. 이상하나요?"

평소에는 뒤로 길게 늘어뜨리는 머리를 땋아서 경단처럼 모았다. 봐서는 요리할 때와는 차원이 다를 만큼 손이 많이 간 것을 알 수 있다.

"잘 어울려."

"그렇다면 됐지만요…… 저, 저기…… 우스꽝스러우면 웃어주세요."

"갑자기 왜?"

"신났다고 생각했죠……?"

가슴을 꾹 누르고 있는 마히루는 평소보다 맨살이 더 잘 보이는 차림이다.

이렇게 말하면 노출이 심한 것 같지만, 목둘레가 넓은 시폰 블라우스 차림에서 새하얀 목 언저리가 드러난 거니까 노출이 늘어난 것처럼 보일 뿐이다.

소매 부분은 긴 랜턴 슬리브 타입이고, 측면에 트인 곳이 있다. 레이스로 감추면서도 팔뚝이 희미하게 비쳐 보이는 것이 묘하게 야릇하다.

물론 안에도 옷을 받쳐 입어서 자칫하면 밖에서 여러모로 보이는 일은 없지만, 여성미 속에서도 청초한 매력을 느낀다.

아래는 고양이와 놀 것을 생각했는지 스키니 바지를 입었는데, 체형에 딱 맞아서 날씬한 다리 라인이 그대로 드러났다.

손목에는 아마네가 선물한 꽃 모양 팔찌를 찼다.

소중히 잘 쓰겠다고 한 말을 떠올리니 자연스럽게 가슴이 뜨거워졌다.

"아니야. 평소보다 귀엽다곤 생각했지만."

"그런 소리가 태연하게 나오는 것도 부모님이 교육한 성과겠죠……."

"뭐, 아버지는 여자가 잘 꾸미면 칭찬해야 한다고 말하니까. 물론 아부가 아니니까 안심해."

"믿어 볼게요."

희미하게 얼굴을 붉히고 손가방을 끌어안는 마히루를 보고, 아마네는 쓴웃음을 짓고 머리를 쓰다듬으려다가 말았다.

아무리 그래도 고생해서 꾸민 머리를 시작부터 망치는 것은 바람직하지 않다.

마히루는 머리를 쓰다듬으려다가 멈춘 것에 놀라서 눈을 깜박였지만, 머리를 신경 써서 그랬다고 이해했는지 마찬가지로 쓴웃음을 지었다.

아주 조금, 아마네의 오른손을 아쉽게 봤지만.

"아마네 군, 요즘 제 머리를 쓰다듬는 행위에 빠지지 않았나요……?"

"싫으면 그만둘게. 너무 막 만져도 좋을 게 없으니까."

"시, 싫은 건 아니에요……. 저기, 저, 저도 좋을 때 만지고 싶어요."

"그야 상관없지만, 지금은 안 돼. 왁스를 발랐으니까."

마히루와 외출하는 것이니까, 예전의 그 스타일로 했다.

그래도 마히루만큼 손이 많이 가는 일은 아니라서, 머리를 잘 정리하기만 하면 끝이지만.

복장도 데님 재킷에 하얀 V넥 셔츠, 검정 슬림 팬츠 같이 캐주얼한 복장이라서 심하게 꾸민 것은 아니다.

마히루의 옆에 있을 때는 부족해 보이겠지만, 이것만큼은 얼굴 문제도 있으니 어쩔 수 없다.

"그래도 되나요……?"

"딱히 싫은 일도 아니니까. 오늘은 고양이를 만지고 참아."

"지, 지금 하고 싶은 건 아니니까 괜찮아요. 그렇구나…… 해도 되는구나……."

"나도 하니까 나한테 해도 당연한 거겠지."

마히루가 머리를 만져도 별로 싫지 않다……. 오히려 마음이 편해져서 거부할 일이 없다.

그런 거로 마히루가 만족한다면 꼭 해 줬으면 싶기도 하다.

쉽게 긍정한 아마네를 보고 마히루는 처음에 머뭇거리는 기색을 보였지만, 마침내 기쁜 듯 웃음을 지었다.

"그러면 다음에 만질 테니까요……. 오늘은 고양이를 많이 만져 봐요."

"그러자."

"가 보죠."

"응."

둘이서 같은 곳에서 외출하니까 왠지 낯간지럽다고 생각하면서, 마히루를 데리고 집을 나선다.

마히루에 맞춰서 천천히 걷고, 마침 떠오른 생각에 손을 내민다.

"손을 잡아 주세요."

장난치듯이 말하자 마히루가 볼을 슬며시 붉히고 미소를 지으며 아마네의 손을 잡았다.

일단은 어느 정도 사전 조사를 했지만, 실제로 고양이 카페에 들어가 보니 상상했던 것보다 널찍한 공간이 펼쳐져 있었다.

접수와 손 씻기, 알코올 소독을 마친 두 사람이 카페에 발을 들이고 보니 고양이들이 사방에서 돌아다니고 있거나 몸을 웅크리고 있거나 손님과 놀고 있는 모습이 보였다.

"오오…… 의외로 넓네. 깔끔하고."

음식물을 제공하는 곳이니까 당연하겠지만, 그래도 생각했던 것보다 청결했다.

동물의 독특한 냄새도 거의 안 나서, 거의 무취에 가깝다.

인터넷 평가로는 위생적이고 고양이도 배려하는 고양이 카페라고 한다.

인기가 있어도 고양이가 스트레스를 느끼지 않게 좌석도 다소 적은 편이다.

고양이가 숨을 집도 마련해서, 고양이를 만지는 것이 아니라 어디까지나 같은 공간을 공유하는 컨셉인 듯하다.

이 카페는 시간제로 요금도 비싼 편이지만, 그 돈을 내고도 전혀 아깝지 않을 만큼 깔끔하고 차분한 공간이었다.

"흐아아…… 고양이…… 보세요, 아마네 군. 다 귀여워요!"

다른 손님과 고양이가 있어서 목소리를 낮추고, 그래도 흥분한 투로 마히루가 아마네의 소매를 잡아당긴다.

다양한 종류의 고양이 스태프가 있어서, 마히루는 두리번거리면서 눈을 빛내고 있었다.

동물 이야기를 자주 하는 편이 아니어도 고양이를 무척 좋아하는 듯한 마히루가 흥분하는 모습에, 아마네도 무심코 입가에 미소가 지어졌다.

"그러게. 귀엽네."

"네! 아, 저 아이는 실크라고 하나 봐요."

뭘 보고 귀엽다고 했는지 이해하지 못한 마히루가 점원에게 받은 고양이 사진과 함께 이름과 품종을 기록한 프로필 표를 보면서 근처에 있는 샴 고양이를 가리킨다.

꼬리와 얼굴 주변의 털만 까맣고 날씬한 다리와 몸에 하얀 털이 난 고양이다.

파란 눈동자가 인상적이고, 그 모습에서 왠지 모를 고귀한 분위기를 풍긴다.

마히루는 만지고 싶어서 안달이 났지만, 갑자기 만지는 것은 금지라서 쪼그려 앉아 시선을 맞추면서 슬며시 손가락을 코에 대고 냄새를 맡게 했다.

고양이가 코를 실룩실룩 움직이고 있다.

그것만으로 마히루는 '귀여워.' 라고 말없이 등으로 표현하고 있으니까, 고양이를 무척 좋아하는 듯하다.

하지만 실크는 마히루의 냄새를 한동안 맡은 다음 몸을 홱 돌려서 우아한 걸음걸이로 어디론가 가고 말았다.

마히루가 시무룩하게 딱 봐도 실망한 분위기를 내고 있다.

"딱히 싫어한 게 아니라 인사를 마친 거라고 보는데."

"그, 그럴까요……?"

"뭐, 천천히 익숙해지면 되겠지. 아무튼 자리에 앉자."

일어선 마히루의 손을 잡고 빈 소파에 앉았다.

거기서 비로소 실내 전체를 천천히 봤는데, 역시 여러 종류의 고양이 스태프가 있었다.

아까 본 고양이는 샴 고양이인데, 아메리칸 쇼트헤어나 엑조틱, 러시안블루, 먼치킨이나 벵갈 등, 개성이 풍부한 고양이들이 여기저기에 있다.
조금 떨어진 옆자리에는 아메리칸 쇼트헤어 고양이가 테이블 위에 웅크리고 앉아서 그 자리에 앉은 여자가 부드럽게 쓰다듬는 모습이 보였다.
"귀여워……."
마히루가 부러움을 감추지 않는 눈빛으로 다른 손님을 봐서, 아마네는 쓴웃음을 짓고 메뉴판을 봤다.
이 카페에서 제공하는 음식물은 맛있기로 정평이 났다.
추천 메뉴는 밀크폼으로 고양이를 만들어서 올리는 라테 아트 음료인 듯하다. 듣기로는 라테 아트를 잘 만드는 점원이 있는 듯, SNS에 사진이 자주 올라온다고 한다.
근처를 돌아다니는 고양이를 보는 마히루는 잠시 내버려 두고, 점원을 불러서 라테 아트를 부탁했다.
"그냥 똑같은 걸 시켰는데, 괜찮아?"
"네? 아, 괜찮아요."
역시 고양이에 시선이 꽂혀서 알아차리지 못한 듯하다.
마히루는 커피든 홍차든 다 괜찮은 타입이라서, 모처럼 소소한 깜짝 이벤트로 주문한 것은 비밀로 했다.
얼마 후 점원이 웃는 얼굴로 주문한 것을 가져왔다.
라테 아트가 망가지지 않게끔 천천히 움직여서 테이블에 두고 인사한 다음 자리를 뜨는데, 마히루의 시선이 컵에 올라간 라테 아트에 고정됐다.
"이런 건 싫어?"

"아, 아뇨. 무척 귀여워요……!"
"그렇다면 다행이고."
마히루의 앞에 놓인 컵에는 고양이가 몸을 웅크리고 잠든 것처럼 밀크폼이 올라갔고, 코코아가 고양이 무늬와 표정을 묘사하고 있다. 아마네의 컵에도 가장자리에 매달린 듯한 고양이를 만들었다.
세밀한 모양과 귀여움은 인기를 끄는 것도 이해가 된다.
감동을 남기려는 건지 스마트폰으로 사진을 찍고 기뻐서 어쩔 줄 모르는 마히루. 그러나 무슨 이유인지 경악한 표정을 짓는다.
"귀여워서 마실 수 없어요……."
심각하게 중얼거려서 무심코 웃음을 터뜨리고 말았다.
"우, 웃지 마세요."
"귀여운 고민을 다 하는구나 싶어서."
"그, 그야…… 이렇게 귀여운 고양이가 있는데 망가뜨리면 아까운걸요……."
"안 마시는 게 더 아까운데."
"으으."
뭐, 마히루의 마음도 이해할 수 있지만. 가만히 둬도 언젠가는 망가질 테고, 망가지거나 식기 전에 마시는 것이 만든 사람도 기쁘지 않을까 싶다.
아마네도 잘 감상한 뒤 망설이지 않고 컵을 입에 댔다.
옆에서 "아아……." 하고 슬프게 중얼거리는 소리가 들려서 웃을 뻔했지만 겨우 참고, 천천히 카페라테를 마신다.

마히루가 시무룩하게 반응해서 최대한 안 망가지게 마셨는데, 역시 맛도 좋다. 커피의 진한 맛과 밀크의 향이 딱 좋았다.

단맛은 별로 안 나지만, 블랙커피도 마시는 아마네는 별로 이상하지 않았다.

"음, 맛있어."

숨을 고르고 나서 말하자 마히루가 작게 신음하면서도 조심스럽게 컵을 입에 댔다.

고양이가 망가지지 않게 신중하게 마시는 그 모습은 웃기다고 할까, 귀엽다고 할까, 무의식중에 입가에 미소가 번진다.

"우, 웃는 거 같은데요."

"기분 탓이겠지. 맛있어?"

"네. 그야 물론."

컵에서 입을 떼고 대꾸한 마히루를 보다가 참지 못하고 어깨를 떨었다.

"왜, 왜 웃어요?"

"그게 있지. 하얀 수염이 생겨서."

고양이가 망가지지 않게 주의하다가 다른 밀크폼을 의식하지 못했는지, 마히루의 입가에 산타 같은 하얀 수염이 달렸다.

무심코 스마트폰으로 사진을 찍을 정도로 정말 귀여웠다.

"아! 지, 지금 찍었죠?!"

"미안해. 꼭 지워야 해?"

"그, 그렇게 웃긴 얼굴을 남기려고요?"

"귀여워서 나도 모르게 그만."

© Hanekoto

그렇게 말하자 마히루가 입술을 꾹 다물고 얼굴을 희미하게 붉히더니, 나지막하게 "한 장만이에요……."라고 중얼거렸다.

그렇게 말할 때도 하얀 수염이 있어서, 아마네는 가슴이 훈훈해지는 것을 느끼면서 웃음을 꾹 참고 고개를 끄덕였다.

"아……."

라테 아트를 그린 카페라테를 다 마셨을 때, 고양이 한 마리가 아마네의 무릎 위에 뛰어올랐다.

아까 옆자리에 있던 아메리칸 쇼트헤어다.

프로필 표를 보니 '카카오(암컷)' 이라고 적혀 있다.

사람이 친숙한 건지 겁이 없는 건지 잘 모르겠지만, 갑자기 무릎 위에 오는 바람에 아마네는 조금 당혹스러웠다.

고양이의 자유분방함은 잘 알지만, 갑자기 다가와도 왠지 마음이 차분해지지 않는다.

무릎 위에 있는 온기는 생각했던 것보다 훨씬 묵직한데, 마치 여기가 자기 자리라는 듯이 당당하게 몸을 웅크리고 있다.

"얘는 사람을 겁내지 않나 보네."

손 냄새를 맡게 하면서 마히루를 보니 부러운 눈치다.

다 맡은 카카오가 아마네의 손바닥에 얼굴을 비빈다. 이건 만져 달라는 뜻인가 싶어서 마히루로 연습한 것처럼 턱 아래를 긁듯이 쓰다듬어 줬다.

고롱고롱하고 목을 울리는 소리를 내는 것을 진동과 소리로 알 수 있다.

귀여움에 마음이 푸근해지면서 슥슥 쓰다듬는데, 옆에 있는 마히루가 부러운 눈으로 보는 것이 마음에 걸려서 무심코 웃고 말았다.

"마히루, 손."

"네? 아, 네."

마히루가 순순히 손을 내민다. 아마네는 잠시 카카오에게서 손을 떼고 대신에 마히루의 손바닥을 카카오의 얼굴 근처로 가져갔다.

아마도 이 고양이는 성격이 순하고 사람에 익숙할 테니까, 인사만 잘하면 만지게 해 주겠지.

킁킁거리며 마히루의 손에서 냄새를 맡던 카카오가 "냐~앙." 하고 늘어진 소리를 내고 마히루의 손바닥에 얼굴을 비벼서, 마히루가 감동한 듯 눈을 초롱초롱 빛냈다.

"아마네 군, 만지게 해 줬어요."

기분이 좋아진 마히루를 보고 웃으면서 아마네도 털을 고르듯이 어루만져 준다.

손질을 잘했는지 털이 복스럽고 매끈매끈하다. 불쾌한 냄새도 나지 않고, 고양이만의 독특한 냄새가 은근하게 날 정도라서 정말이지 점원들에게도 사랑을 듬뿍 받는구나 싶었다.

고양이는 모두가 털의 윤기와 얼굴색이 좋고, 극단적으로 뚱뚱하거나 마른 아이도 없다. 건강과 체형이 잘 관리된 고양이들이 하나같이 자유롭게 돌아다니고 있었다.

"귀여운걸……."

"정말 그래요, 아마네 군이 부러워요……."

"카카오한테 부탁해 보는 게 어때? 무릎 위로 와 달라고."

사람 말은 통하지 않겠지만, 몸짓은 의외로 통한다고 한다.

마히루가 시험 삼아 무릎을 툭툭 치면서 "이리 온." 하고 불러 봤더니 카카오가 한 번 울고 마히루의 무릎으로 슥 이동했다.

그때 마히루가 보인 감동의 표정은 보는 사람도 기분이 좋을 만큼 기쁨이 가득했다.

"보세요. 올라와 줬어요."

"잘됐네. 봐봐, 쓰다듬어 달라는 것 같은데."

아마네의 딱딱한 다리보다 마히루의 부드러운 다리가 더 좋은 걸까. 아까부터 소리를 크게 내고 마히루의 손바닥에 자기 얼굴을 문대고 있다.

활짝 웃고 마음껏 쓰다듬기 시작한 마히루를 보고 쓴웃음을 지으면서, 아마네는 스마트폰에 그 모습을 담았다.

"이건 괜찮아?"

"괜찮다고 칠게요……."

그렇게 말하고 카카오를 쓰다듬는 마히루에게 웃어 보인 다음, 아마네는 잠시 자리에서 일어났다.

벽에는 책장이 있어서 잡지와 만화책이 비치되어 있다. 거기서 몇 가지를 자리로 가져오려는 생각이다.

고양이 카페라고 해도 항상 고양이와 노는 것은 아닐 테고, 고양이가 있는 공간에서 느긋하게 시간을 보내는 것이 목적이니까 이렇게 휴식하는 것도 괜찮겠지.

마히루가 카카오에게 푹 빠진 사이에 책장에서 적당한 책을 고르고 있었는데, 아래에 마히루가 처음 인사한 실크가 있다는 사실을 깨달았다.

쪼그려 앉아서 검지를 코에 가까이 대니까 역시 인사로 냄새를 킁킁 맡는다.

이런 동작도 귀여워서 저절로 표정을 풀고 구경했더니, 다 맡은 다음에 앞발을 들어서 아마네의 팔에 뛰어들듯이 매달렸다.

카카오와는 다르게 소리를 높여 '미야옹' 하고 울면서 접촉하려고 들어서, 아마네는 바닥에 앉았다.

고귀한 분위기이긴 해도 역시 사람에 익숙한 듯, 앉는 자리를 내줘서 만져 봤더니 아주 좋아하는 표정을 지었다.

목에서 골골 소리를 내고 몸을 비비는 걸 보면, 이건 더 만지라는 신호겠지. 실크 님께서 바라는 대로 부드럽게 공들여서 손가락으로 쓸어 주었다.

이츠키의 집에 고양이가 있어서 만지는 방법은 잘 안다.

어떻게 만지면 고양이가 좋아하는지, 애교를 부리는지, 다 알고서 반응을 살피며 손놀림을 바꾼다.

(귀여운걸.)

목에서 고롱고롱 소리를 내는 것을 느끼고 입가에 절로 미소가 번진다.

처음에는 왠지 쌀쌀맞은 태도였으니까 허용하고 나서 이렇게 애교를 부릴 줄은 차마 몰랐다.

(왠지 누구랑 닮은 것 같았는데, 마히루구나.)

마히루도 처음에는 쌀쌀맞고 접근을 허락하지 않는 분위기였는데, 한번 마음을 허락하고 나니 신뢰하는 눈으로 보거나, 응석을 부리거나, 빈틈을 보이거나 한다.

그런 부분이 고양이 같다고 생각했는데, 실제로 이렇게 비교해 봐도 고양이 같지 않을까.

마음속으로 실크에게 천사님 2호라는 별명을 붙이고 기분 좋게 정성껏 쓰다듬어 주고 있자니 문득 찰칵하고 카메라 소리가 들렸다.

고개를 들어 보니 어느새 마히루가 다가와서 스마트폰을 들고 있었다.

"오는 게 늦어서 보니까…… 실크와 언제 친해진 건가요?"

"잘 모르겠지만 쓰다듬으라고 왔어."

"치사해요……. 저도 만지고 싶어요……."

"카카오는?"

"고양이는 정말 자유로운 동물이네요……."

아무래도 어딘가 가버린 듯하다.

카페를 둘러보니 카카오는 캣타워 2층에 웅크리고 있었다. 아까만 해도 마히루가 만지게 했는데, 기분이 바뀐 거겠지.

"아마네 군은 실크가 가장 마음에 드나요?"

"아니, 아직 다 만진 것도 아니니까 뭐라고 할 수 없는데. 그래도 뭐…… 왠지 마히루와 닮은 구석이 있어서 만져 주고 싶어져."

"닮았다고요?"

"왜 있잖아. 마히루는 처음에 쌀쌀맞다고 할까, 도도하고 무덤덤했는데. 한 번 친해지고 나서는 의외로 응석을 부리고 그러니까."

다만 마음을 허락하고 빈틈을 보이는 부분은 고양이 같아도 전폭적으로 신뢰하고 애교 공격에 나서는 부분은 강아지 같으니까, 역시 고양이와 강아지를 섞은 느낌을 지울 수 없다.

본인은 무의식중에 기대려고 하고 응석을 부리니까, 아마네는 기쁘면서도 부끄럽지만.

"저는 고양이가 아니에요……. 그리고 아무한테나 정을 주진 않아요."

"뭐, 마히루는 경계심이 강하니까."

"고양이 취급하는 거죠……?"

"그런 적 없어."

평소 마히루를 쓰다듬듯이 고양이를 쓰다듬으면서 대답하고, "그렇지?" 라고 실크에게 동의를 구한다.

분위기를 이해한 것인지 아니면 우연인지, 실크도 "냐앙." 하고 울어서, 마히루도 더는 추궁하지 못하는 듯하다.

다만 마히루가 조금 못마땅한 기색으로 봐서, 고양이를 만지지 않는 왼손으로 마히루의 머리를 쓰다듬어 줬다.

"역시 고양이 취급해요……."

"워워. 자, 마히루도 실크랑 놀자. 접수처에 말하면 장난감을 빌려준다고 하니까."

"그, 그냥 넘어가게 두지 않아요."

"같이 놀기 싫어?"

실크와 놀면서 물어보자 마히루가 입술을 작게 삐죽이고 "아마네 군은 치사해요."라고 투덜댄 다음 장난감을 빌리려고 접수처로 갔다.

교대하고 장난감을 가지러 가려고 했던 아마네는 눈을 휘둥그레 뜨고, 다음에는 왠지 미묘하게 토라진 마히루의 표정을 떠올리면서 고개를 갸우뚱했다.

"뭐가 치사하다는 걸까?"

실크를 핑계로 대서 그런 걸까? 마히루가 왜 그런 표정을 지었는지 생각해 보고 중얼거렸지만, 실크는 '내가 알 바 아니야.'라고 말하려는 듯이 울고 아마네의 손바닥에 이마를 문질렀다.

결국 마히루가 토라진 원인은 알 수 없었지만, 고양이들과 노는 동안에 기분이 풀린 듯 웃는 얼굴을 보여줬다.

도중부터 아마네를 뒷전으로 두고 고양이에 푹 빠진 마히루를 쓴웃음을 지으면서 지켜봤는데, 어째서인지 고양이들이 아마네의 다리를 점거하기 시작했다.

그 모습을 보고 또 토라지긴 했지만, 실크가 못 말리겠다는 듯이 마히루의 다리에 올라가 탈 없이 넘어갔다.

의외로 고양이들이 좋아하는 건지, 귀여워해 주다 보니 간식도 안 줬는데 다른 고양이들도 몰려드는 사태가 발생하는 귀중한 체험을 하다가 고양이를 만끽하는 시간의 끝이 찾아왔다.

서로 돌돌이로 고양이 털을 떼고, 손을 씻으면서, 마히루가 손을 씻는 동안에 계산을 마치고 보니 마히루가 못마땅한 얼굴로 봤다.

"왜 얼굴이 그래?"

"그렇게 배려하지 않아도 되는데요."

"배려가 아니라 자기만족이니까 걱정하지 마."

내가 멋대로 계산한 거니까 신경 쓸 이유는 없다.

"오히려 나는 혼자서 들어가기 어려운 고양이 카페에 따라와 줘서 고마우니까. 알았지?"

"하지만……."

"이럴 때는 호의를 받는 게 좋아. 받아들이기 어렵다면…… 그렇군. 다음에 또 같이 오는 거로 퉁치는 게 어때?"

"그러면 저만 이득인데요……?"

"나도 이득이니까 윈윈이지."

문제없다고 웃으며 대꾸하자, 마히루는 입술을 꾹 다물고 팔뚝에 머리를 박더니 다시금 아마네의 손을 잡았다.

미리 평판이 좋은 레스토랑을 점찍어서 점심을 해결하고, 아마네와 마히루는 쇼핑몰에 왔다.

참고로 평판이 좋은 레스토랑은 그 평판에 걸맞게 맛이 좋았다. 다만 취향 문제로 따지면 마히루의 요리에 손을 들어주고 싶으니까, 역시 마히루의 요리가 제일이라고 재인식했다.

골든위크라서 그런지 평일보다 손님이 무척 많아서, 마히루의 손을 단단히 잡고 잠시 벽 쪽으로 다가가 앞으로의 예정을 정하기로 했다.

“그러고 보니 쇼핑몰에선 뭘 하지? 쇼핑한다고 했지만, 뭔가 사고 싶은 게 있어?”

“따, 딱히 정한 건 없지만요. 저기, 함께 구경하고 다니면 즐거울 것 같아서…… 그러면 안 되나요?”

“아니, 괜찮아. 나는 의외로 윈도쇼핑이라도 상관없으니까.”

고향 집에서는 어머니에게 끌려다니는 일이 많았고, 가족들과 느긋하게 구경하러 다니는 일도 많았으니까 남자들이 힘들어하는 일에도 내성이 있다.

게다가 마히루가 보고 싶은 것을 보는 것도 나쁘지 않다.

“뭐부터 구경할까? 잡화나 옷이나 인테리어 등등, 여러 가지가 있는데.”

이 대형 쇼핑몰에는 셀 수 없을 정도로 많은 의류점과 음식점, 오락 시설 등을 같이 갖춰서 하루에 다 돌아다닐 수 없을 만큼 다양한 점포가 들어와 있다.

아무래도 전부 돌아보는 것은 어려울 것 같으니까, 가고 싶은 곳을 어느 정도 좁혀야 한다.

“그러면…… 옷부터 보러 가도 될까요?”

“좋아. 새 옷을 사게?”

“좋은 게 있으면 사고 싶어요. 올해 여름옷도 나왔을 테니까 새 옷을 사고 싶거든요.”

“여름이라…… 빠르네.”

조금 땀이 나오는 계절로 넘어가려는 참이지만, 그래도 아직 포근한 햇빛이 쏟아지는 정도의 계절이라서 여름옷은 조금 성급한 것 같다.

신상은 시즌보다 앞서는 것이 기본이라고는 하지만, 역시 봄 기분이 빠지지 않는다.

“올해 여름은…… 아, 마히루는 우리 고향 집에 같이 갈…… 거야?”

“아, 네. 아마네 군과 부모님만 괜찮다면 말이죠.”

예전에 귀성할 때 마히루도 같이 고향 집에 가 보자고 말한 것을 기억했는지, 고개를 끄덕이고 있다.

“그 뒤로 어머니한테 잠깐 물어봤는데 꼭 오라고 하더라. 오히려 데려오라고 힘줘서 말했어.”

확인해 보지 않아도 승낙할 것 같았지만, 방을 준비해야 하니까 일단 확인을 구해 봤더니 ‘환영할게!’ 라고 해서, 올해 여름은 마히루와 함께 고향 집에 갈 것 같다.

데려가지 않으면 어머니가 항의할 게 뻔하니까 마히루에게 그럴 마음이 있어서 다행이었다.

“뭐, 우리 고향은 별로 대단한 곳도 아니지만. 레저 시설이 의외로 많을지도.”

“그래요?”

“어머니가 데리고 다니기 부족하지 않을 만큼 여러 군데가 있어. 이런 쇼핑몰이라든지, 무식하게 넓은 자연공원이라든지, 쓸데없이 규모가 큰 워터랜드라든지.”

너무 도시도, 너무 시골도 아닐 정도로 딱 좋은 입지라서 여름이든 겨울이든 심심하지 않은 동네다. 따분하기 이전에 끌려다니는 통에 시간이 비지 않을 때도 있어서, 시간을 때울 수단은 제법 많은 편이다.

여름이라면 워터랜드가 개장하니까 슬라이더를 타거나 천천히 수영하는 것이 참 기분 좋기도 하다.

지금 사는 지역에도 규모가 큰 워터랜드가 있으니까, 여름 방학이 시작되면 헤엄치러 가는 것도 좋을 것 같다.

아마네는 특별히 잘하는 운동이 없지만, 운동 자체를 싫어하는 것은 아니다. 헤엄치는 것은 좋아하니까 혼자 가도 괜찮을지도 모른다. 마히루와 풀장에 가고 싶다는 말은 너무 속내가 뻔히 보이는 수작이니까 차마 입 밖에 꺼낼 수도 없겠지.

"우리 학교는 수영이 선택 과목이라서 신청하지 않으면 헤엄칠 기회가 없으니까, 수영하러 가는 것도 나쁘지 않아. 만약 괜찮다면 어머니랑 둘이서 가는 게…… 마히루?"

"아, 아뇨. 별일 아니에요……."

"아하, 안심해. 수영복을 보고 싶다거나, 그런 발칙한 생각은 안 하거든?"

"그, 그런 오해는 안 했어요. 푸, 풀장을 생각해서요."

"무슨 문제가 있어?"

여름철에 풀장은 정석이라고 보니까 이상하진 않다고 생각했는데, 마히루가 묘하게 불편한 기색으로 고개를 저었다.

"저기…… 말이죠."

"응?"

"헤, 헤엄치지 않아도 된다면, 그게…… 가는 것도 검토할 수 있다고 할까요……."

"혹시…… 헤엄 못 쳐?"

노골적으로 눈을 피했다. 아무래도 정곡을 찌른 듯하다.

"나는 네가 뭐든 잘할 줄 알았는데……."

"그, 그렇지 않아요! 수영은 필수가 아니라서 남한테 말하지 않아도 될 줄 알았는데……."

점점 얼굴이 빨개지는 이유는 수치심 때문이리라.

"참 의외라고 할까……."

"수, 수영 이야기는 이제 됐잖아요. 자, 가요."

헤엄치지 못하는 것은 언급하기를 바라지 않는 듯, 완전히 빨개진 얼굴로 마히루가 손을 당긴다. 당긴다고 할까, 팔에 몸을 밀착해서 꼭 끌어안듯이 잡아당기고 있었다.

본인은 화제를 돌리고 싶으니까 억지로 윈도쇼핑을 시작하고 싶겠지만, 애석하게도 이 자세는 바람직하지 않았다.

조금씩 더워지는 계절에 맞추다 보면 옷도 얇아진다.

이번에 마히루가 입은 시폰 블라우스는 겉보기에 가벼워 보이는 만큼, 당연히 옷감도 얇다. 덤으로 이번에는 목에서 어깨로 이어지는 라인이 깔끔하게 보일 만큼 목 주변이 느슨하다. 안에 받쳐 입은 옷이 대부분 가린다고는 해도 아마네의 각도에선 모인 부분이 보이고, 닿는다. 그러나 지금 그걸 지적했다간 확 달아올라서 도망칠 것 같으니까 굳이 말하지 않고 은근슬쩍 마히루의 몸에서 팔을 떼면서 손을 단단히 잡는다.

조금은 부드러운 것을 순순히 감상할 수 있다면 이 고생도 안 하겠지만, 죄책감이 앞서는 점에서 보면 자신은 패기도 없는 겁쟁이 자식이겠지. 그렇게 속으로 자조한다.

"알았어. 알았대도. 뛰지 마. 넘어지니까."

"아이가 아니에요……."

아마네의 동요를 모르는 마히루가 고개를 홱 돌리는 틈을 타서, 아마네도 잠시 마히루의 시선을 피하듯이 바깥쪽으로 몸을 틀었다.

아직 팔에 희미하게 남은 부드러운 감촉의 잔재를 필사적으로 머릿속에서 몰아내고, 아마네는 마히루에게 들리지 않게 슬며시 한숨을 쉬었다.

마히루에게 손을 잡히고 끌려가는 형태로 길가에 따라 늘어선 가게를 구경하는데, 마히루가 역시 사람들의 주목을 받는다는 사실을 새삼스럽게 깨달았다.

평소 천사님으로 불릴 만큼 청초한 아름다움이 있지만, 지금의 마히루는 보호 욕구를 자극하는 귀여움과 순진함을 유감없이 발휘하고 있다.

천사님 모드인 마히루는 그림처럼 예쁘고 환상적이어서 건드려선 안 된다고 느끼게 한다. 다만 그건 너무 섬세하게 만든 미모인지라, 아마네의 눈에는 조금 생기가 없는 것처럼 보이기도 한다.

지금 이렇게 손을 잡은 마히루는 순수하게 웃고 생기가 넘친다. 굳이 말하지 않아도 '기쁘다!'는 감정이 아마네를 잡은 손과 걸음걸이에서 알 수 있다.

다소곳하게 웃는 것도 예쁘지만, 이렇게 감정을 겉에 드러내고 기뻐하는 표정을 짓는 것이 겉으로 꾸민 모습보다 훨씬 귀엽게 보인다.

"왜 그래요……?"

"아니, 너랑 걸으면 시선이 엄청나게 늘어나는 것 같아서."

남녀 모두의 시선이 이쪽에 쏠려서, 마히루가 얼마나 미소녀인지 깨달았다.

"저만 보는 게 아닐걸요……?"

"뭐, 따라다니는 나도 어느 정도는 감정하듯 쳐다보겠지만."

"그런 의미가 아니에요. 참."

못마땅하게 쳐다보지만, 더 말할 생각은 없는지 손을 꼭 잡았다.

나지막하게 "아마네 군은 자기 일을 잘 모르니까 곤란해요."라고 중얼거리는데, 마히루와 같이 있으면 당연히 자신도 시선을 받을 테고, 비교해 보면 부족할 게 뻔하니까 자각하고 자시고 할 것도 없겠지.

"됐어요. 이건 차차 이해할 수 있을 때까지 제가 찬찬히 말할 거니까요."

"어? 무슨 소리야. 무섭게."

"무섭다니 말이 심하네요……. 당신 탓이거든요?"

쿡. 마히루가 검지로 코를 눌러서 아마네의 입을 다물게 했다.

다만 불만보다는 놀리듯이 웃는 얼굴로 코를 쿡 찔러서 만족했는지, 손을 떼고 아마네의 손을 잡아당겼다. 아니, 정확하게 말하자면 아마네의 팔에 몸을 기댔다.

"자신감이 생기면 이야기가 빨라질 텐데요……."

아마네는 더 참지 못하고 팔뚝에 이마를 대고 중얼거리는 마히루에게서 눈을 돌렸다.

(일부러 이러는 게 아니니까 더 위험하단 말이지…….)

슬쩍 닿은 부드러운 감촉에 정신이 팔리지 않게 조심하면서 은근슬쩍 거리를 벌리려고 했지만, 마히루가 가지 말라는 듯이 팔을 꽉 붙들었다.

이게 일부러 그러는 거라면 엄청난 악녀 기질에 소름이 돋겠지만, 본인은 어디까지나 자각하지 않고 하는 것이니까 다른 의미로 오싹하다.

이대로 가다간 얼굴이 익을 것 같아서 아마네는 어떻게든 의식을 다른 데 돌리려고 슬쩍 주변을 살피다가, 마침 마히루의 취향에 맞게 얌전한 옷을 진열한 옷가게를 발견했다.

"저기 봐. 저 마네킹에 걸린 옷이 마히루한테 어울릴 거 같은데. 구경하고 갈래?"

뺨의 열기를 얼버무리듯이 잡히지 않은 손으로 가리키니 마히루가 "아마네 군의 취향인가요?"라고 흥미를 보여서 자연스럽게 두 사람의 발걸음이 그 가게로 향했다.

"이거 말인가요?"

"응. 뭐, 마히루는 뭐든 어울리겠지만. 이런 것도 잘 어울릴 것 같아서."

마네킹은 하얀 바탕에 작은 줄무늬가 있는 오프숄더 원피스를 입었다.

여름옷이니까 옷감이 다소 얇고, 어깨도 드러나서 시원한 느낌이 든다.

이런 옷은 날씬해서 목과 어깨 라인이 예쁜 여자에게 잘 어울리니까, 마히루한테도 어울릴 것 같다고 생각했다.

마네킹 옆에 선 마히루를 보면서 머릿속으로 입혀 봐도 시원하고 상쾌한 마히루의 모습이 금방 떠오른다. 밀짚모자가 잘 어울릴 듯한 복장이다.

"잠시 입어 보고 올게요."

마히루의 결단은 빨랐다. 아니, 예정했던 것처럼 마네킹에 걸린 것과 똑같은 옷을 집었다.

왠지 모르게 의욕이 넘치는 마히루에게 조금 압도당하면서 가방을 맡고 보니, 마히루는 곧장 탈의실로 사라졌다.

왜 저렇게 의욕이 넘칠까 싶어서 어쩔 바를 모르고 마히루가 옷을 갈아입기만을 기다리는데, 왠지 주변에서 흐뭇하게 보는 바람에 더더욱 당혹스럽다.

점원만이 아니라 주변 손님들까지 따스한 눈으로 보니까, 아마네는 영 거북하다.

빨리 나와 달라고 마음속으로 생각하면서 마히루를 기다리고 있는데, 마침내 탈의실 커튼이 걷히고 마히루가 밖에 나왔다.

하지만 옷은 갈아입지 않았다.

"어서 와. 안 입었어……?"

"아뇨. 옷의 치수를 확인했어요. 다만…… 그게, 지금은 속옷 문제로 보여줄 수 없다고 할까요……."

"미, 미안해."

지금 입은 시폰 블라우스도 목과 어깨 라인이 그럭저럭 보이지만, 오프숄더와 비교할 수준은 아니다.

저렇게 어깨를 드러낸 옷을 입을 때는 평소와 다른 속옷을 입어야 하는 듯하니까, 지금은 보여줄 수가 없는 거겠지.

"다만 아마네 군이 어울릴 거라고 말해 주었으니까요. 입어 보고 마음에 들었으니까 살래요."

아마네가 맡은 백을 받아서 품에 안은 원피스를 계산대로 가지고 가서, 황급히 뒤쫓는다.

자신이 마히루에게 어울린다고 말했으니까 돈을 내야 할 것 같아서 지갑을 꺼내려고 했는데, 마히루가 가방을 뒤지는 아마네의 손을 제지했다.

"안 돼요. 이건 제가 사서 아마네 군에게 자랑해야 해요."

"그, 그래."

"그래도 이건 더 더워져야 입을 수 있겠지만요. 여름까지 기다려야 하겠네요."

웃으면서 "기대해 주세요." 라고 말하고 계산을 마친 마히루를 보고, 아마네는 입술을 꾹 다물고 그 자리에 주저앉고 싶은 것을 필사적으로 참았다.

(엄청나게 귀여운 소리를 하잖아. 젠장.)

마치 아마네를 위해서 입어 준다고 말한 것 같아서 심장이 너무 아프다.

계산하는 점원과 눈이 마주치자 정말이지 친절하게 싱긋싱긋 웃어서, 아마네는 입술을 깨물고 눈을 돌릴 수밖에 없었다.

윈도쇼핑, 정확하게 말하자면 실제로 물건을 샀으니까 보통 쇼핑을 즐긴 아마네와 마히루. 하지만 아마네는 잠시 마히루와 떨어져서 혼자 있었다.

마히루가 혼자 사고 싶은 것을 사러 가는 바람에 혼자 남을 수밖에 없었다고 할 수 있다.

원래부터 마히루가 요청해서 외출한 것이고, 여자는 남이 몰랐으면 하는 물건도 몇 가지 사야 할 테니까 순순히 보낸 다음 기다리는 장소로 지정한 쇼핑몰 내부 분수 근처의 기둥에 몸을 기대고 서 있었다.

아마네는 어머니를 통해서 여자와 같이 물건을 사러 나가는 일에 익숙했고, 끌려다니거나 기다리는 것도 몸에 익었다. 애초에 혼자서 조용히 기다리는 것 자체를 싫어하지 않아서 짜증도 전혀 안 내고 멍하니 있었다.

마히루와 헤어진 뒤로 시선이 줄어들어서 마음도 조금 편해졌고, 부담이 컸던 심장을 쉬는 데에도 딱 좋은 휴식 시간이다.

(일일이 귀여운 스킨십이 많아서 힘들어…….)

오늘은 마히루가 평소 별로 보이지 않는 들뜬 모습을 봤는데, 천진난만함과 순수함이 강하고, 평소 억눌렸던 일면이 겉으로 드러나 무척 귀여웠다.

마히루는 자신의 용모가 얼마나 빼어난지 알 텐데도, 아마네가 평소 친하게 대하는 데다가 외모에 별로 신경을 쓰지 않는 태도라서 그런지 자신의 미모에 무관심했다. 정확하게는 아마네 앞에서 신경을 쓰지 않았다고 해야 할까.

그 덕분에 순수한 귀여움을 한껏 보고, 달콤한 향기와 부드러운 몸을 느끼는 바람에 정신이 한계에 달했다.

이걸 이득으로 받아들이면 이 고생을 안 할 텐데, 아마네는 기쁨을 느낄 만큼 수치심 내성이 강하지 않다. 죄책감이 앞서고 만다.

떠올리기만 해도 부끄러워 죽을 것 같은데, 아무리 그래도 공공장소에서 몸부림칠 수는 없으니까 입술을 꾹 다물고 조용히 눈을 감았다.

머릿속을 헤집는 잡념을 털어내려고 천천히 고개를 저은 순간, 근처에서 "저기."라고 톤이 높은 목소리가 들려왔다.

모르는 목소리에 반응해 눈을 번쩍 뜨고 정면을 보니 여자 두 명이 생글생글 웃으면서 이쪽을 보고 있었다.

아마도 대학생쯤 되는 나이일 것이다. 최소한 연상으로는 보인다.

골든위크의 행락 시즌에 걸맞게 잘 꾸민 두 사람은 의아해서 눈을 가늘게 뜨는 아마네를 보고 웃었다.

"오빠는 지금 혼자야? 한가해?"

여자들의 목소리를 듣고 조금 기가 막혔다.

이렇게 고개를 푹 숙이고 딱 봐도 말을 걸지 말라는 분위기를 내는데도 스스럼없이 말을 거는 멘탈은 정말 괄목할 만하다. 사람 보는 눈이 없어 보여서 조금 아쉽지만.

왜 얼굴도 별로 좋지 않은 자신에게 굳이 말을 걸었을까 하는 의구심이 고개를 들지만, 그렇다고 무시하는 것은 인간적으로 좀 그러니까 일단은 부드럽게 시선을 주었다.

"아뇨, 기다리는 사람이 있어요."

여기서 마히루가 맡기고 간, 오늘 전리품인 여성 브랜드의 종이봉투를 눈치채 주면 좋았을 테지만, 눈에 들어오지 않는가 보다. 디자인이 단순해서 몰랐을 수도 있지만.

"말씀은 고맙지만, 약속이 있어서요."

"그렇다면 친구랑 같이 차라도 마실래?"

아무래도 기다리는 친구가 같은 남자라고 판단한 듯하다.

이럴 때 마히루와 사귀는 사이라면 여자친구를 기다리고 있다는 말 하나로 일갈할 수 있지만, 마히루와는 사귀는 사이가 아니다. 그리고 본인이 여기 없으니까 여자친구라고 주장했다가 실제로 합류했을 때 마히루가 말을 맞출 수 있을지 모르겠다.

게다가 사정이 있어서 취객과 멀어지려는 방편으로 썼을 때 마히루가 그러지 말라고 했으니까, 방편으로 쓰는 데도 거리낌이 있다.

이대로 가다간 마히루와 합류할 때까지 말을 걸 것 같아서 어떻게 하면 좋을지 몰라 미간을 찡그리고 여자들을 봤더니——시야 한쪽에서 눈에 익은 황갈색 머리카락이 보였다.

“기다리게 해서 미안해요.”

몇 초 후에는 가볍게 내린 옆머리를 찰랑이고, 사뿐한 동작으로 구세주(천사님)께서 나타나셨다.

아마도 아마네가 난처한 상황인 것을 보고 급하게 온 거겠지. 걸어왔다고 보기에는 호흡이 조금 빨랐다.

표정을 굳히고 여자들의 대화가 끝나기만을 기다리던 아마네에게, 마히루가 희미하게 미소를 짓고 품에 뛰어들었다.

어떻게든 얼굴에 드러내진 않았어도 성대하게 가슴을 졸인 아마네를, 마히루는 등 뒤에 있는 여자들에게 보이지 않도록 각도를 조정하면서 올려다보고 있다. 시선에서는 ‘지금 뭘 하고 있나요?’ 처럼 어이없다는 눈치와 아주 작은 불만이 느껴져서, 이것이 아마네를 빼내기 위한 연기임을 이해했다.

(심장이 쪼그라드니까 이러진 마…….)

상대에게 상처를 주지 않고 거절하려고 한 결과 이도 저도 아닌 태도로 상대를 가까이 불러들인 아마네가 잘못한 거지만, 그래도 이건 심장에 나쁘다.

그러나 구원의 손길을 내밀어 준 것은 사실이라서 불만을 말할 수는 없고, 아마네는 마히루의 연기에 편승하듯이 부드럽게 마히루의 등에 손을 돌린다. 정말이지 친밀하고 특별한 관계처럼 보이도록.

“걱정하지 마. 착한 누나들이 상대해 준 덕분에 심심하진 않았으니까.”

“그랬나요? 신경 써 주셔서 고맙습니다.”

몸을 반쯤 돌려서 생긋 웃는 마히루를 보고, 여자들은 넋을 놓고 있었다. 같이 놀려고 했던 남자에게 애인으로 보이는 소녀가 안겨든 것이다. 그것도 엄청나게 귀여운 소녀가.

마히루는 여자들이 왜 굳었는지 알 텐데도 아무것도 모르는 척 선량한 눈빛과 미소를 짓고 있다. 어디까지나 '남자친구의 잡담에 어울려 줘서 고맙습니다' 밖에 느껴지지 않는다. 정말이지 순수한 웃음을 보고 아마네는 혀를 내둘렀다.

악의가 하나도 없이 순진하게 웃는 얼굴 앞에서 여자들이 가만히 이쪽을 봐서, 아마네는 되도록 온화한 표정과 눈빛을 보이게 주의하고 미소를 지었다.

"미안해요. 아까 말했듯이 약속이 있어서요."

처음 거절할 때 말하길 잘했다고 속으로 생각하면서 마히루의 등을 토닥이자, 순진한 웃음을 드러내던 마히루가 기분 좋게 아마네의 팔에 팔짱을 낀다.

밀착하는 바람에 당연히 풍만한 과실의 감촉도 잘 전해지지만, 여기서 당황해서는 일부러 연기해 주는 마히루에게 미안하니까 태연한 척하고 여자들에게 인사했다.

마히루도 덩달아 인사하고, 아마네는 마히루의 움직임에 따라 여자들에게서 등을 돌렸다.

코너를 돌아서 여자들의 모습이 보이지 않는 것을 확인하고 마히루를 보니, 딱 봐도 사교용으로 지었던 웃음이 얼굴에서 사라지고 없었다.

"뭘 하고 있었나요?"

갑자기 말투가 담담해지고 자신을 올려다보는 마히루의 태도가 너무 달라져서 무심코 웃고 말았다.

몸은 아직 밀착한 상태지만, 표정에는 한심함과 미묘한 불쾌함이 보였다. 기분이 좋아 보였던 것은 연기였는지, 눈빛에선 오히려 언짢은 기색이 보였다.

"덕분에 살았어."

"참, 눈을 떼자마자……. 아니죠. 제가 잠시 자리를 뜬 거지만요."

이럴 줄 알았으면 따로 다니지 않았을 거라고 푸념하는 마히루에게 미안함을 느끼면서, 밀착한 부분에 슬쩍 시선을 주었다.

본인은 의식하지 않는 것이 조금 얄밉다. 아마네만 밀착한 몸에 동요하고 있었다.

"아마네 군은 의외로 잘 모르는 사람을 거부하지 못하네요."

마히루는 흔들리는 아마네의 마음도 모르고, 어이없어 보이는 눈치다.

"거부하지 못한다고 할까, 저런 사람들이 껄끄럽다고 할까. 여자라서 거칠게 대할 수도 없고, 말을 심하게 해서 울리기라도 하면 곤란하니까."

"그런 점은 정말이지 아마네 군이 신사인 건지, 겁쟁이인 건지 모르겠어요."

"말이 많네. 그런 일은 처음이니까 어쩔 수 없잖아. 설마 나한테 말을 걸 줄은 몰랐다고."

한가해 보이는 사람이 그럭저럭 있는데 자신에게 접근할 줄 누가 알까.

"적극적인 여자들은 참 대단하네. 나처럼 음침한 사람에게도 말을 다 걸잖아."

"지금 모습은 음침하지가…… 굳이 말하자면 시원한 남자 스타일이에요."

"나한테 어울리지 않는 칭찬이네."

"속은 이 모양이니까요."

"잘도 말했겠다."

설령 외모가 다소 밝더라도 속이 음침한 것은 틀림없으니까, 마히루가 한 말도 틀리지 않아서 그냥 웃음이 나온다.

이렇게 마음을 숨기지 않는 말투도 마히루의 좋은 점이자 끌리는 부분이라서 달갑게 여겼다. 거짓말을 하는 것보다 훨씬 기분이 좋다.

욕하는 게 아님을 잘 아니까 편하게 받아들이는데, 마히루는 왠지 모르게 한숨을 쉬었다.

"저기 말이죠. 본인이 잘 모르는 것 같아서 말하는 건데요, 당신은 밝고 활기찬 것보다는 조용하고 차분한 느낌이 강해요. 음침하다는 말로 표현해서는 안 돼요. 같이 있으면 마음이 차분해진다고 할까, 안심할 수 있어요. 말하지 않아도 곁에 있어서 마음이 편해지는 건 정말 굉장한 거라고 봐요."

"그런가……."

칭찬을 들으니 절로 부끄럽다.

그래서 대충 대꾸한 것을 알아차렸는지, 마히루가 팔을 꼭꼭 조여서 불만을 드러낸다. 이런데도 자신의 무기를 모르니까 정말이지 장래가 두렵다.

“당신은 저와 있어서 어떤가요?”

“집에서는 마음이 편해.”

“지금은요?”

“차분하지 못해. 어디의 누가 가슴을 대니까.”

“흐에?”

완전히 예상을 벗어나, 의식한 적도 없었던 듯이 마히루가 딱딱하게 굳어서 자신의 가슴팍에 시선을 내린다.

그리고 김이 확 오른 것처럼 얼굴을 붉혔다.

“일부러 그러는 줄 알았어.”

실컷 안절부절못하게 했으니까 이 정도는 놀려도 되겠지. 그런 느낌으로 짓궂게 말해 봤더니, 조금 눈물이 맺힌 눈으로 째려봤다.

조금도 박력이 없는 것은, 이것이 부끄러움을 감추기 위한 태도임을 알기 때문이리라.

“무슨, 바, 바보! 그런 건!”

“알아. 농담한 거야. 미안해.”

너무 놀리면 토라지는 것을 아니까 산뜻하게 사과했다. 그러자 폭발 직전에 불이 꺼진 마히루가 뭔가 말하고 싶은 듯 입술을 작게 움직였다.

그러나 뭔가 말하는 일은 없이 화풀이하듯 옆구리를 한 대 때리는 것으로 타협해 주었다.

그런 마히루를 보고 웃으면서 이번에는 몸이 밀착하지 않게 다시 손을 잡았다.

“너무 들러붙지 마.”

“손을 잡는 건 괜찮나요……?”

“놓칠 수도 있으니까 말이지.”

골든위크 시즌의 인파 속에서 손을 안 잡고 다니다가 일행을 놓치면 외출한 의미가 없겠지.

“놓치면 어쩔 건데요……?”

“그냥 스마트폰으로 연락해서 장소를 지정하고 다시 합류해야지.”

“현실적이네요.”

“그야 당연하지. 뭐, 놓치지 않을게.”

떨어져서 혼자 돌아다니면 마히루가 남자들에게 붙잡힐 확률이 높다고 할까, 거의 무조건 그럴 테니까 혼자 둘 생각은 없다.

모처럼 마히루가 원해서 외출했으니까, 관심이 없는 사람에게 골머리를 앓는 것보다 즐거운 하루를 보내고 싶겠지. 게다가 아마네도 마히루에게 남자가 꼬이는 것은 자주 있는 일임을 알아도 조금 못마땅하다.

아마네의 말을 들은 마히루가 아마네의 눈을 빤히 보고, 다음으로 시선을 서로 잡은 손으로 내린다.

그리고 꽃이 천천히 피는 것처럼 입가를 부드럽게 움직였다.

“네…… 놓치지 마세요.”

나지막이 속삭이고 손가락을 거는 마히루의 말에 응하듯, 아마네는 동요를 안 들키게 애쓰면서 똑같이 손가락을 걸었다.

"여기가 게임센터……."

옷가게와 잡화점을 구경하고 눈에 들어온 것을 산 뒤, 아마네는 마히루를 데리고 평소 가는 게임센터에 들렀다.

게임센터는 마히루가 요청해서 온 것이다. 크레인 뽑기 게임에서 경품을 뽑아도 짐이 늘어나지 않게 마지막으로 잡았는데, 이제는 집에 가기만 하면 끝이니까 시간도 여유가 있다. 마지막으로 잡기를 잘했다.

치토세도 데려온 적이 없는 듯, 주변을 두리번두리번 살피는 모습이 참 귀엽다.

"뭔가 여러 가지 장치가 많이 있네요."

"그래. 크레인 뽑기 게임만이 아니라 아케이드 게임이나 직접 몸을 움직이는 게임도 있어. 여기는 제법 종류가 많거든."

"그렇군요. 그리고 소리가 무척 커요."

"아, 게임센터는 보통 이래."

마히루가 미간을 조금 찡그리고 있는데, 익숙하지 않은 사람에게는 게임센터의 잡음이 귀에 거슬리기 때문이겠지. 아마네는 이미 익숙해서 아무렇지도 않지만.

슬롯 게임이나 아케이드 게임 코너는 특히나 더 시끄러워서, 그 일대를 피하면서 마히루를 데리고 천천히 걷는다.

"그래서? 뭘 할까?"

“저도 크레인 뽑기 게임을 해 보고 싶어요. 인형을 뽑아 볼래요.”

목표는 크레인 뽑기 게임이었던 듯, 아마네가 데려간 크레인 뽑기 게임 코너를 보고 흥분한 기색으로 얌전히 있지 못하고 잡은 손에 힘에 주거나 풀거나 했다.

골든위크라서 경품이 많이 입고했고, 가족 손님에 맞게 귀여운 인형도 많이 들여서 마히루가 좋아할 인형이 잔뜩 있었다.

“아마네 군, 저걸 뽑고 싶어요.”

“응? 어떤 거?”

“저거요. 저 고양이…… 실크를 닮지 않았나요?”

마히루가 손으로 가리킨 것은 몸의 털이 하얗고 얼굴 주변만 진한 갈색인 고양이다. 눈이 파래서 확실히 고양이 카페에서 본 실크와 비슷하다.

마히루에게 처음 인사한 실크를 닮아서 눈에 띈 듯하다.

“정말로 닮았네. 뽑고 싶어?”

“뽑고 싶어요. 도전해 봐도 될까요?”

“응. 이 게임센터는 뽑기 쉬운 편이지만, 못 뽑으면 내가 할게.”

“수고를 끼치지 않게 노력할게요.”

의욕이 넘쳐서 크레인 뽑기 게임에 임하는 마히루를, 아마네는 일단 지켜보기로 했다.

아마네가 잡으면 간단히 뽑겠지만, 이건 마히루가 뽑고 싶은 거니까 본인의 자주성과 도전 정신을 우선해 주는 게 맞겠지.

동전을 넣고 제일 처음 옆으로 이동하는 버튼을 조심스럽게 잠깐 만지고 낌새를 관찰하고 있다. 신중한 마히루답게 얼마나 누르면 이동하는지 확인해 보려고 한 것이리라.

하지만 이런 크레인 뽑기 게임은 버튼을 눌렀다가 떼면 이동 방향이 바뀐다.

"어? 어라? 움직이지 않아요."

"미안해. 말하는 걸 잊었는데 버튼에서 한 번 손을 떼면 좌우 이동에서 상하 이동으로 바뀌니까 기회는 한 번밖에 없어."

"어? 그러면 이건……."

"뭘 해도 인형에는 못 가지."

현재 인형의 위치는 남은 공간의 중앙.

그런데 집게의 위치는 경품을 떨어뜨리는 곳에서 아주 조금 이동한 상태로 상하 이동만 남았다. 아무리 노력해도 인형에는 스치지도 못하겠지.

제한시간을 두고 모든 방향으로 움직이는 레버를 쓰는 기계도 있는데, 이런 버튼 방식은 돌이킬 수 없다. 크레인 뽑기 게임을 하는 처음 사람이 자주 거치는 길이라서 어쩔 수 없는 일이다.

"100엔을 그냥 쓰고 말았지만, 아직 상하 이동이 남았으니까 그걸로 이동 속도와 버튼에서 손을 뗐을 때의 딜레이를 느끼고 다음 기회를 살리자."

"으으…… 그럴게요. 부주의한 제가 잘못했어요."

그렇게 말하고 아주 진지하게 집게팔을 움직여서 스피드를 확인하고 있다.

이번에는 아마네의 설명이 부족했던 것이라서 슬쩍 동전을 넣었더니 마히루가 못마땅하게 봤다. 그래도 아마네가 “자자, 그러지 말고.”라면서 등을 톡톡 두드리고 권하자 마지못한 기색으로 크레인 뽑기 게임을 다시 시작했다.

그나마 이동 속도는 파악했는지, 이번에는 좌우 이동에서 인형이 있는 위치에 라인을 맞출 수 있었다.

중심에서 조금 어긋났지만, 상하 이동의 장소에 따라서는 못 뽑을 것도 없다. 전부 중앙으로 잡지 않아도 무게 중심이나 집게에 걸리는 힘, 집게가 풀리는 타이밍을 고려하면 공략할 수 있다.

초심자치고는 의외로 위치를 잘 잡았다고 감탄하면서 마히루를 지켜본다.

상하로 신중하게 이동시키고 어찌어찌 인형 위에 집게팔을 옮겨서 잡아 올리려고 했다.

노림수는 좋았지만, 미묘하게 위아래로 긴 경품이라서 집게가 조이자 금방 중심이 이동해서 떨어지고 말았다.

“으으.”

“아쉽네. 이건 그대로 잡아서 올리는 것보다 집게의 측면으로 움직이거나 중심을 이용해서 굴리는 게 더 잡기 편할 거야.”

다행히 경품을 떨어뜨리는 공간의 칸막이는 별로 높지 않으니까, 굴려서 가면 나오겠지.

마히루가 눈을 반짝 빛내고, 이어서 말한 대로 순순히 실행에 옮겼다.

쉽게 짜증을 내거나 고집을 부리지 않고 조언을 순순히 받아들이는 것이 마히루의 좋은 점이리라.

집게의 위치와 인형의 무게 중심을 생각해서 "이건 이렇게 해서…… 머리로 굴려서……." 하고 시행착오를 반복하고 있다.

유리에 비친 표정이 아주 진지해서, 마히루에게 안 들키게끔 작게 웃는다.

동전을 몇 번 넣고 시간이 얼마간 흐른 다음, 마히루가 집게로 잡은 인형을 경품을 떨어뜨리는 곳에 밀어 넣었다.

"아." 하고 작게 중얼거린 순간에 경품 배출구에 인형이 톡 떨어졌다.

잠시 침묵이 있은 다음, 마히루가 조금 멍한 기색으로 아마네를 쳐다봤다.

"……들어갔어요."

"응, 고생했어. ……자, 네가 노력한 증거야."

악전고투 끝에 구한 인형을 꺼내서 마히루에게 내밀자 그제야 뽑았다는 사실을 실감한 듯 순식간에 고운 미모가 환희로 물든다.

"뽀, 뽑았어요. 뽑았어요, 아마네 군."

"해냈네. 처음이지만 잘했어."

참 잘했다고 머리를 쓰다듬자 간지러운 듯 눈을 희미하게 뜨고 아마네가 건넨 실크를 닮은 인형을 품에 꼭 끌어안는다.

자기 손으로 뽑아서 기쁨이 더 큰 듯, 인형에 뺨을 대고 만족스럽게 미소를 짓고 있었다.

천진난만하게 웃는 마히루에게 꼭 안긴 인형을 조금 부럽게 여길 만큼, 요새는 마음이 스스로 통제가 안 되는 것 같다.

마히루는 아주 만족스러운 표정으로 인형을 안고 있다가 문득 아마네를 보고 머뭇거리며 인형을 내밀었다.

"저기…… 이걸, 받아줄래요?"

"어? 내가?"

"전에도 받았고. 그게, 왠지 실크를 좋아했으니까요……."

그거야 원래 고양이를 좋아하고, 특히 마히루를 닮아서 귀여웠으니까. 차마 그렇게 말하지는 못하고 뺨을 긁적이며 고개를 끄덕인다.

"나……남자는 역시 인형을 좋아하지 않나요……?"

"아니, 그런 게 아니라. 마히루가 애써서 뽑았는데 내가 받아도 좋나 싶어서."

"아마네 군을 위해서 노력한 건데요. 아, 그런 식으로 강요하려는 게 아니고요! 실크처럼 생겼으니까 아마네 군이 좋아할 것 같아서……."

마히루가 조금 시무룩한 기색으로 어깨를 축 늘어뜨리고 "필요 없으면 제 방에 둘게요."라면서 불안한 듯이 쳐다보니까 거절할 수도 없다.

"그러면 받아서 방에 장식해 둘게. 아무리 그래도 마히루처럼 머리맡에 둘 수는 없지만."

"그, 그건 잊어 줬으면 하는데요……."

"소중히 간직할게."

마히루에게 인형을 조심스럽게 받고, 근처에 있는 경품 포장용 비닐봉지를 하나 빼서 안에 넣는다.

곧바로 기뻐하며 웃는 마히루에게, 아마네가 다시 손을 뻗으려고 했을 때——.

"어, 시이나?"

옆에서 말을 거는 소리를 듣고 굳었다.

마히루도 똑같이 굳어서 둘이서 나란히 뻣뻣하게 목소리가 들린 곳을 돌아보자, 요새 익숙해지고 있는 얼굴, 천진함과 씩씩함을 겸비한 듯 인상이 반듯한 소년…… 유타가 서 있었다.

"카도와키 씨."

유타가 나타나자 마히루가 곧장 학교에서 보이는 천사의 미소를 짓는다.

다만 평소보다 조금 어색해 보이는 것은 속으로 몹시 동요했기 때문이리라.

골든위크라서 동급생과 마주칠 가능성도 크다고 인식하기는 했지만, 설마 요새 말을 주고받기 시작한 상대가 나타날 줄은 몰랐다.

"시이나가 게임센터에 있으니까 의외인데……. 아, 혹시 방해했어?"

아마네를 보고 난처한 듯이 눈꼬리가 처진다. 아직 아마네라고 인식한 것 같지는 않지만, 말하면 확실하게 들킨다. 게다가 유타는 사람을 제법 잘 보니까, 몰라본다고 장담할 수는 없다.

"아뇨, 그렇진……."

"시이나가 사귀는 사람이 있는 줄은 몰랐어."
"사귀는 사이는 아니에요."
단호하게 부정하는 마히루를 보고 왠지 가슴이 아프지만, 사귀지 않는 것은 사실이니까 당연히 부정하겠지. 오히려 이럴 때는 긍정하는 것이 더 이상하니까 기대해도 소용없다.
"아, 아니지. 암만 봐도…… 음?"
마히루의 단호한 태도에 당황하면서 다시 추궁하려던 유타가 문득 아마네를 봤다.
시선이 마주치고, 아마네는 얼굴을 굳혔다.
의심스러운 눈치로 아마네를 가만히 보는 유타. 아마네는 매우 난처한 상황이었다.
"후지미야……?"
아니나 다를까, 누구인지 알아챘다.
아직 오래 접하고 지낸 사이는 아니지만, 그래도 유타는 통찰력이 좋은 것을 안다. 아무리 아마네가 머리를 다듬고 평소와 다른 차림새를 했더라도 친해지기 시작한 지금은 속일 수 없는 상태인 듯하다.
별로 친하지 않은 사람은 애초에 아마네의 얼굴을 주시하려고 하지 않고 분위기도 다르니까 이 얼굴과 매치하지 않을 텐데, 유타는 그렇지 않은 듯하다.
"어? 후지미야…… 맞지? 덩치나 얼굴이, 자세히 보니까……. 혹시 시이나랑 후지미야는 예전부터 알고 지내다가 학교에서 가까워진 거야?"

"아뇨, 그게……."

마히루가 말을 흐리는 것을 봐서 확인한 듯, 유타가 아마네와 마히루를 번갈아 보고 다소 허망한 듯한 표정을 지었다.

예전이라면 접점이 없으니까 부정할 수 있었겠지만, 지금은 그럴 수 없다.

한숨을 푹 쉬고 이마를 짚은 아마네는 신기한 눈치라고 할까, 당혹스러움이 강해 보이는 표정을 지은 유타를 봤다.

"나라고 용케 알아봤구나……."

"역시나. 아니, 왠지 후지미야 같았거든."

"그렇게 알아보기 쉬워?"

"아니. 아마도 같은 반 아이들한테도 쉽게 들키진 않을걸. 후지미야는 이런 얼굴을 잘 보이지 않으니까."

애초에 이런 얼굴이 어떤 얼굴인지 모르겠지만, 아무튼 소문으로 떠도는 그 남자와 아마네가 얼굴을 이유로 바로 연결되는 일은 없을 것 같아서 안심했다.

"그보다 시이나와 후지미야가 둘이서 있는 게 더 의외인걸."

"숨겨도 소용없으니까 말하겠지만…… 카도와키의 말대로 우리는 2학년이 되기 전부터 아는 사이였어. 뭐, 사이좋은 것도 인정할게. 하지만 네가 생각하는 그런 사이는 아니야."

"그래……?"

"그래."

마히루도 단호하게 부정했으니까, 자기 입으로 말하는 것도 슬프지만 확실하게 부정했다.

여기서 오해가 계속되면 마히루가 난처할 테고, 유타니까 그럴 걱정은 없어도 괜히 오해해서 외부에 발설하면 곤란하다. 소문을 못 내게 막아야겠지.

당당한 태도를 보였더니 마히루가 아마네의 옷을 잡고 쳐다봤다. 뭔가 말하고 싶은 눈치인데, 입을 열려고 하지 않으니까 일단은 가만 내버려 둔다.

유타는 아마네와 마히루의 분위기를 보고 이해했는지 어떤지, 어깨를 슬쩍 으쓱했다.

"흐음……. 뭐, 상관없어. 이츠키가 말한 그대로 같으니까."

"뭐가?"

이츠키가 뭔가 말했나 싶어서 저절로 눈에 힘을 줬지만, 유타가 "네가 걱정하는 그런 게 아니야."라고 웃었다.

"아니, 잘 꾸미면 멋지다고 했잖아. 아주 근사한걸."

"네가 말하면 놀리는 걸로 들려."

학년에서 제일가는, 어쩌면 학교에서 제일가는 훈남에게 칭찬을 들어도 쓴웃음만 나온다.

유타는 가만히 있어도 멋지고 바탕이 미남이라서, 아마네처럼 꾸며야 겨우 평범한 사람보다 조금 나아지는 남자로서는 부럽기만 하다. 질투하진 않지만, 이렇게 태어날 수만 있으면 인생이 조금 더 밝아질 것이다.

"놀리는 게 아니야. 다만 평소에도 이러면 좋을 텐데."

"싫어. 매일 아침 세팅하는 게 귀찮아. 그리고 갑자기 이런 차림으로 학교에 가면 튀잖아."

"그야 그렇겠지만…… 시이나는 후지미야가 이렇게 변하는 걸 알았던 거구나."

"그건, 저기, 네."

어색하게 고개를 끄덕이는 마히루를 유타가 가만히 바라본다.

의심하거나 평가하려는 시선이 아니다. 무언가를 가늠하려는 듯이 마히루를 보고 있다는 느낌에 가까울까.

"그래. 왠지 알겠어."

"뭘?"

"시이나도 참 고생이 많겠다고 말이야."

그 말에 마히루가 몸을 움찔거렸지만, 유타는 "시이나는 의외로 알기 쉽구나."라고 슬쩍 웃었다.

떠오르는 것은 희미한 웃음. 아주 조금 따스하고, 왠지 쓸쓸하게도 보이는, 선망이 드러난 표정이기도 했다.

"저기, 카도와키 씨."

"응?"

"그게…… 이 일은, 다른 사람에게 말하지 않았으면 해요. 사, 사이좋다거나…… 여러모로."

그런 소리를 들으면 곤란하다고 비밀을 요청한 마히루에게, 유타가 아무렇지도 않게 고개를 끄덕였다.

"아하, 그건 걱정하지 않아도 돼. 감추는 이유도 왠지 이해하고, 나도 그 마음은 아니까. 게다가 퍼지지 말았으면 하는 일을 떠들고 다니면서 즐기는 취미는 없고."

이보다도 유타의 인품이 고마울 일은 없으리라.

게다가 유타는 조금 공감하는 구석이 있을지도 모른다. 여자들한테 인기가 많아서 남자들에게 질투를 살 때도 있을 테고, 반대로 사이좋은 여자가 생겨서 그 아이가 피해를 보면 어쩔지 고민하는 이야기를 한 적이 있으니까, 어쩌면 본인의 경험에서 비롯한 푸념일 수도 있다.

설령 사귀는 사이가 아니더라도, 아마네처럼 수수한 사람이 겉으로는 누구에게나 공평하게 상냥한 천사님과 친구라고 하면 반감이 생기는 사람도 있겠지.

그러한 일을 생각해서 입을 다물어 주는 유타가 고마울 따름이다.

"미안해, 카도와키."

"뭘. 뭐, 그게 보통이라고 생각하지만. 괜한 짓을 해서 후지미야와 관계가 끊기면 싫으니까. 모처럼 친해졌는데 말이야."

상쾌하게 씩 웃는 유타를 보고 '이러니까 인기가 있겠지.' 하고 절실히 이해했다.

남자가 봐도 거만하지 않고 착한 사람이니까, 여자가 봐도 당연히 매력이 있겠지. 얼굴만이 아니라 속도 좋으니까, 남자로서는 조금 참을 수가 없지만.

"아, 맞다. 후지미야."

"응?"

"모레 또 보자."

왠지 의미심장한 투로 언급한 날에는 이츠키와 유타와 셋이서 노래방에 가기로 했다.

즉, 그때 사정을 더 말해 보라는 뜻이겠지.

시선이 마주치니 놀리듯 씩 웃었다. 이건 유타 나름의 신뢰에 기초한 것일 테니까, 아마네는 왠지 속이 복잡하면서도 "그래."라고 대꾸했다.

그런 아마네와 유타를, 마히루는 조금 부러운 기색으로 지켜보고 있었다.

"왠지 미안한걸."

카도와키와 헤어져 귀갓길에 오른 아마네는 집과 가장 가까운 역에서 집으로 가는 길에 마히루에게 조용히 사과했다.

그 밖에도 게임센터에서 작은 장난감을 뽑아서 만족스러운 눈치였던 마히루는 갑자기 사과하는 것을 듣고 캐러멜 빛깔의 눈을 크게 깜빡였다.

"갑자기 무슨 소리죠?"

"그게…… 카도와키에게 들킨 거 말이야."

"그건 어쩔 수 없는 일이에요. 게다가 결과는 잘 풀렸다고 생각해요. 일단 이해해 주었으니까요……."

그것도 맞는 말이지만, 그래도 사귀는 사이가 아닌지 의심받아서 마음이 불편하지 않았을까?

다행히 유타는 납득했는지 그냥 물러나 주었지만, 역시 마히루가 강하게 부정한 것이 마음에 걸렸다.

"그리고 무조건 안 들킨다고 생각해서 외출한 건 아니에요. 이런 사태도 고려했고, 카도와키 씨가 상대라서 다행으로 생각했어요."

"그래. 카도와키는 어찌어찌 잘 이해하고 배려해 주었으니까. 정말 좋은 녀석이야."

유타에게 들켜서 다행이다.

나중에 추궁을 각오해야 하지만, 학교에서 유타에게 감추는 죄책감이 사라진다고 생각하면 오히려 들켜서 다행일지도 모른다.

유타에게는 마히루에게 느끼는 아마네의 감정도 들킨 것 같지만, 마히루 본인에게 전해지지만 않으면 문제없겠지.

노래방에 가서 다소 놀릴지도 모르지만, 유타와 이츠키는 선을 지킬 줄 알아서 너무 심하게 놀리지는 않을 것이다.

"아마네 군은…… 카도와키 씨를 매우 좋게 평가하네요."

"응? 뭐 그렇지. 이야기할 기회가 늘어서 역시 좋은 녀석이라서 인기가 있는 것도 이해가 돼. 얼굴도 마음도 훈남이니까 굉장한걸."

"신뢰하는 거군요."

"신뢰라고 할까…… 좋은 녀석이라고 봐."

아마네 자신도 잘 알지만, 의외로 사귀는 상대를 가리는 성격이다.

사람이 별로면 다가가려고 하지 않고, 접근하는 것도 허용하지 않는다.

유타가 좋은 인간임을 본능으로 어렴풋하게 느꼈으니까 들켰을 때도 초조하지 않았고, 그게 정답이었다.

"그렇다면 유유상종이네요."

"내가 어딜 봐서 같은 부류인지 모르겠는데……."

"아마네 군은 또 자기를 비하해요……. 카도와키 씨는 아마네 군의 인품이 좋아서 친해지려고 한 거잖아요? 아마네 군이 카도와키 씨를 보고 생각하는 것과 똑같잖아요. 아마네 군이 신뢰해도 좋다고 생각한 카도와키 씨가 아마네 군을 인정한 거니까, 아마네 군도 자신감을 가져야 해요."

딱 잘라 말하고 아마네의 볼을 손가락으로 꾹꾹 누르는 마히루를 보고, 아마네는 슬며시 쓴웃음을 지었다.

역시 마히루는 당해낼 수가 없다고 할까, 자기 자신을 부정하자마자 단호하게 긍정해 주는 마히루의 존재가 고마웠다.

자신감을 가지라고 잔소리 모드에 돌입한 마히루에게 어깨를 으쓱하고 웃어 보인 다음, 아마네는 마히루에게 감사의 마음을 전했다.

"마히루는 언제나 나를 칭찬해 주는구나."

"정당한 칭찬이에요. 아마네 군이 자신을 부정하기만 하는 게 나쁜 거예요."

"버릇이라서."

"참, 왜 그런 버릇이 생기는데요?"

마히루가 어이없다는 듯이 중얼거렸다.

왜냐고 물어봐도 대답하기 곤란하다. 아니다. 왜 그런지는 알고 있다.

단순한 이야기다. 자빠지는 게 무서우니까.

인간은 학습한다. 좋은 일도, 나쁜 일도.

자빠지기 싫으니까, 기대하기 싫으니까, 뒤통수를 맞기 싫으니까, 자기 자신을 지키고자 이렇게 자신을 부정하는 것이다.

다만 그걸 마히루에게 어떻게 말하면 좋을지 몰라서 입을 다물고 있자, 마히루는 맑고 고운 눈으로 아마네를 쳐다봤다. 속까지 전부 보는 듯한 눈에 속이 답답해졌을 때 마히루가 시선을 돌리고 아마네의 팔에 기대듯 몸을 붙였다.

"말하고 싶지 않으면 그래도 되지만요. 제가 당신을 긍정한다는 것만은 기억해 주세요. 비굴해지면 못써요."

"응……."

"여차하면 아마네 군이 제발 그만두라고 할 정도로 칭찬할 거예요."

"와, 무서운데. 그나저나 그건 정말로 하지 마. 정신이 버티지 못할걸."

"그러면 더욱 자신감을 가져 주세요."

마히루가 희미하게 웃고 잡은 손에 힘을 주자 가슴이 희미하게 뜨거워지는 것을 느끼면서, 그저 이 편안함을 망가뜨리기 싫어서, 손을 놓기 싫어서, 조용히 "고마워."라고만 말하고 귀갓길을 걷는다.

손을 놓기 싫어도 집에 도착하면 뗄 수밖에 없으니까 일부러 천천히 걷는 아마네를, 마히루는 아무 말 없이 똑같은 속도로 따라서 걸어 주었다.

제10화 사정 청취

"자, 엊그제 있었던 일을 좀 말해 주실까."

마히루와 외출하고 이틀.

이츠키와 유타와 셋이서 노래방에 가기로 약속한 날, 모여서 예약한 방에 들어가자마자 유타가 웃으며 말했다.

유타의 추궁은 각오했지만, 역시 직접 들으니까 속이 거북하다.

참고로 이츠키는 유타에게 들은 듯 '아아, 들켰네.' 같은 표정을 짓고 있었다. 그러나 유쾌한 표정도 숨기지 않는다.

셀프 서비스로 챙긴 멜론 소다를 잠시 마시고 목을 축인 뒤, 하는 수 없이 입을 연다.

"딱히 대단한 관계는 아니야……. 이츠키와 치토세는 예상하지 못한 일이 생겨서 알았지만, 나와 마히루는 서로 옆집에 살아. 이건 진짜로 우연이야. 그리고 작은 일을 계기로 친해졌는데."

치토세 때문에 이제는 이름으로 부르는 것을 숨겨도 소용없을 것 같아서 평소처럼 이름으로 말하면서 설명했다.

"친해져서 단둘이 외출했다고?"

"그래."

객관적으로 보면 단순히 아는 사이로 넘어갈 수 없겠지. 좋게 보면 친구, 자칫하면 연인처럼 보일 수 있다.

아마네는 마히루의 명예를 위해서라도 단호하게 부정하고 싶다.

"카도와키가 생각하는 그런 사이가 아니야."

"후지미야가 말하는 사이와도 다른 것 같지만."

"이봐."

"친하다는 수준으론 넘어갈 수 없는데, 너희 상황은. 시이나가 매일 밥을 차리러 오잖아."

"어?"

폭탄을 떨어뜨린 이츠키를, 얼굴을 굳히면서 째려본다.

"이츠키."

"언젠가 들킬 테니까 일찍 말하는 게 좋잖아."

그것도 맞는 말이지만, 갑자기 마히루가 직접 만든 요리를 매일 먹고 있다는 정보를 주었다간 무조건 착각할 것이다.

"출장 와이프……?"

"아니야. 혼자 자취하면서 사니까 식비를 반반씩 내고 2인분을 만드는 게 편할 뿐이야."

"그렇다는데?"

"설득력이 없어……."

"카도와키 너마저……."

마히루와는 절대로 사귀는 사이가 아닌데도 유타가 황당하게 보니까 왠지 자신감이 없어진다. 아니, 애초에 그런 자신감이 없지만.

"여자는 보통 좋아하지도 않는 사람에게 다가가려고 하지 않고, 안심할 수 없는 상대라면 남자의 집에 가려고 하지 않아. 여자가 덮칠 생각이라면 또 모를까."

왠지 미묘하게 경험을 섞어서 덧붙이는 바람에 유타가 여자에게 느끼는 피해 의식이 얼마나 심한지 궁금해졌지만, 말 자체는 틀리지 않으니까 차마 부정하지 못했다.

여자, 특히 마히루는 경계심이 강해서 본인이 먼저 남자를 다가오게 두지 않는다. 결과론에 가깝지만, 아마네가 다가간 것은 기적에 가깝다. 다른 의미로 특별하게 취급해 준다는 것은 아마네 자신도 잘 안다.

다만 남녀 관계의 의미로 좋아한다고 생각할 만큼 아마네는 자신에게 매력이 있다고 생각하지 않는다. 마히루가 너무 가까이서 순수하게 신뢰해 주는 것도 다 남자로 보지 않아서 그런 게 아닐까 생각할 때도 있다.

"후지미야는 이상하게 자신감이 없고 고집이 심할 때가 있어……."

"바로 그거야."

이츠키와 유타가 나란히 어이없다는 눈으로 봐서 정말이지 속이 쓰리다.

"그래서? 결국, 후지미야는 시이나를 좋아해?"

얼버무리듯 멜론 소다를 마시려는 타이밍에 유타가 불쑥 터무니없는 소리를 하는 바람에 아마네는 하마터면 뿜을 뻔했다.

"뜬금없이 무슨 소리야……?"

"왜 그렇잖아. 경계심이 강해 보이는 후지미야가 같이 있는 거니까, 조금은 호감이 있나 싶어서. 그나저나 시선과 분위기가 좋아한다고 말하는 것 같은데."

"좋아하면 안 돼……?"

유타는 정말로 사람을 잘 본다고 씁쓸하게 생각하면서도 순순히 긍정했더니, 왠지 모르게 유타가 쓴웃음을 지었다.

"그런 건 아니지만…… 흐음. 여러모로 고생이 심할 것 같네."

"딱히 마히루와 사귈 수 있다고 생각하진 않아."

"그래. 전혀 모르는 눈치라서 더더욱 말이지. 이츠키도 지켜본 거구나."

"그렇지. 등짝을 걷어차고 싶어져."

"이해해."

"그런 걸로 서로 이해하지 마……."

등짝을 걷어차고 싶어진다는 점에 동의하는 유타를 좀처럼 이해할 수 없었다.

"아니, 왜 그렇잖아. 답답해. 좀 더 밀어붙였으면 싶어."

"말도 안 되는 소리는 하지 마."

"아니지. 시이나가 너한테 마음을 허락한 거잖아. 밀어붙이면 함락할걸."

"그야 마히루는 나를 어느 정도는 좋게 볼 테지만. ……그런 게 아닐지도 모르잖아."

이츠키는 담담하게 말하지만, 그렇게 쉽게 풀릴 리가 없겠지.

애초에 마히루가 친근하게 대한다는 것 자체는 아마네도 알고 있다. 다른 남자들보다 소중히 여긴다는 것까지는 인정하마.

하지만 그것을 남자로서 좋아한다고 보기는 어렵다.

남자로서 좋아한다는 것보다는 모든 것을 아는 상대로서 신뢰한다는 의미에 가깝지 않을까.

“넌 그 눈빛을 보고 잘도 그런 소리가 나오는구나.”

“내 몸에 무슨 매력이 있는데.”

그렇게 반론하자 이츠키가 등을 힘껏 때렸다.

“……아프잖아.”

“때린 건 미안하지만, 너는 진짜아아아 자신감이 없구나. 정작 중요할 때 겁을 낸다고 할까, 도망치려고 드는데.”

“그렇게 말해도 말이지…… 버릇이니까 어쩔 수 없어.”

“그 버릇을 고쳐야지. 자기 자신을 너무 부정하잖아.”

“그건 마히루한테 자주 듣는 말이야.”

“시이나도 참 고생이 많구나…….”

“보는 우리도 고생이 많을걸. 이 자식은 그런 점에서 꽉 막혔으니까.”

“말이 많아.”

다 같이 모여서 말하면 왠지 자신이 잘못한 것 같다.

이것만큼은 성격이니까 어쩔 수 없고, 고치려고 해도 쉽게 고쳐지는 게 아니다. 지긋지긋한 기억은 쉽게 지워지지 않는다. 잊으려고 해도 아직 시간이 별로 지나지 않았으니까.

스스로 생각해도 한심할 정도로 겁이 많지만, 어쩔 도리가 없었다.

“뭐, 나는 아마네가 그래도 좋다면 강요할 수 없지만. 시이나가 좋아서 사귀고 싶으면 더 밀어붙여.”

“내가 그럴 수 있을 거 같아……?”

“겁쟁이 자식.”

“시끄러워.”

“워워. 하지만 후지미야는 자신감을 더 키워야 할 것 같아. 정말이지, 학교에서도 엊그제처럼 꾸미면 인기가 있을 텐데. 연습해 볼래?”

“연습?”

“시이나 앞에서도 할 수 있고, 내 앞에서도 괜찮다면 친한 사람 앞에서도 조금씩 할 수 있다는 뜻이겠지? 모처럼 휴일에 놀러 왔으니까, 어때?”

“즉……?”

“자, 여기에 왁스가 있습니다.”

슥. 가방 안에서 남자의 화장 세트가 나온다.

유타와 눈이 마주치자 아주 시원하게 웃는다. 역시나 왕자님답게 멋진 미소지만, 오한이 들었다.

“어때?”

“아니, 사양할래.”

“자, 사양하지 말고.”

“잠깐만. 그러지 말고 노래나 부르자. 여긴 노래방이니까, 안 그래?”

"그러지. 그러면 내가 노래할 테니까 이츠키, 맡기마."

"나한테 맡겨."

"지금 농담하는 거지……?"

조심스럽게 물어봐도 상쾌하게 웃기만 한다.

"뭐, 싫으면 안 해도 되지만…… 아마네는 슬슬 남들 눈에 익숙해지는 게 좋을 테니까 과격하게 개선해 보자."

"자, 인마…… 으악!"

이츠키가 빗과 왁스를 들고 씩 웃어서 아마네는 뒷걸음질 치려고 했지만, 노래방에서 도망칠 공간이 있을 리가 없다.

유타가 싱글벙글 웃으면서 노래할 준비를 하는 동안에, 아마네는 이츠키에게 머리를 농락당했다.

"어서 오세, 요……?"

집에 오자 마히루가 의문형으로 맞이해 주었다.

오늘은 햄버그라서 소스부터 부지런히 만들어야 한다는 듯 아마네의 집에 먼저 온 듯하다.

이제 밥이 거의 다 됐다고 메시지가 와서 집에 있다는 사실은 알았지만, 마히루의 얼굴을 직접 보니 마음이 차분해진다.

"다녀왔어……."

"왜 그렇게 지쳤죠……?"

"이츠키가 나를 가지고 놀아서……."

이츠키는 소문이 난 그 남자의 스타일을 본 적이 없어서 본인이 멋지다고 생각하는 모양으로 머리를 세팅했는데, 역시 눈에 익숙하지 않은 모양이 당혹스러웠다.

더군다나 노래방 시간이 끝나고 난 뒤에 겸사겸사 아마네에게 없을 유형의 옷을 파는 가게로 연행당하고, 이것도 아니다 저것도 아니다 하면서 어울리는 옷을 찾는 일로 발전한 것이다.

딱히 싫은 건 아니지만, 두 사람의 남자판 옷 갈아입히는 인형이 되는 바람에 제법 피곤하다.

"하, 하아. 큰일이었겠네요."

"그 자식들…… 나를 장난감처럼 다루고 말이야……."

"고생이 많아요."

말처럼 불만이 있는 것은 아니라고 꿰뚫어 봤는지, 마히루가 작게 소리를 내어 웃으면서 위로해 주었다.

속내를 간파당해서 왠지 낯부끄러운 느낌이 들면서, 새로 산 옷이 있는 봉지를 방에 던지고 세면장에 가서 손을 씻었다.

마히루는 저녁 식사를 담으러 주방에 돌아가서 아마네도 손을 잘 씻고 가글을 마친 뒤 거실에 들어섰다. 그러자 마히루가 햄버그를 담은 접시를 식탁에 두고 있었다.

아무것도 안 하면 왠지 미안하니까 평소처럼 주방에 가서 밥을 푸자.

햄버그에 밥을 조합하는 주의인 아마네는 갓 지은 밥에서 뭐라 형용할 수 없이 달달한 냄새가 나서 표정이 풀어졌다.

"그나저나 피곤하네……. 그나저나 걔들도 참 대단하다고 새삼 느꼈어."

"뭐가요?"

미리 만든 샐러드와 포타주도 내서 자리에 앉아 투덜댔더니 정면에 앉은 마히루가 고개를 갸웃거렸다.

"그게 있지. 셋이서 걷는데 사람들이 자꾸 말을 걸더라고. 역시 평소에 인기가 많은 남자들은 다르구나 싶어서. 거절하는 것도 잘하고, 경험이 달라."

노래방을 나와서 쇼핑 투어를 할 때도 여대생쯤으로 보이는 여자들이 말을 거는 일이 자주 있었다.

그야 타입은 달라도 이츠키와 유타는 모두 얼굴이 잘생겼으니까 여자들 눈에 띄기 쉽겠지. 이른바 역헌팅이라는 것도 당했다.

말은 그렇게 해도, 당연히 전부 거절했지만.

이츠키에게는 사랑하는 치토세가 있고, 왕자님은 강하게 들이대는 여자가 질색인 듯 웃으면서 몹시 경계했기 때문에 곧바로 거부 의사를 밝혔다.

거절하는 수단도 상대의 자존심에 상처를 주지 않게 말과 태도가 모두 부드러워서, 딱히 옥신각신하는 일 없이 무사히 빠져나올 수 있었다. 정말이지 대단하다는 말밖에 할 수 없다. 아마네 혼자서는 대처하기 어려우니까 익숙하다는 것이 그만큼 위대함을 알 수 있었다.

"또 아마네 군한테 말을 걸었나요……?"

"그렇긴 해도, 나는 덤이겠지."

굳이 말하자면 아마네보다 다른 두 사람이 목적이고, 아마네는 어디까지나 덤으로 봤다. 애초에 자신도 아는 사실이지만 인상이 나빠서 잘 모르는 사람은 말을 걸기 어렵다.

마히루와 외출했을 때는 어쩌다가 말을 거는 여자들이 있었지만, 이번에는 특출한 미남이 둘이나 있었으니까 두 사람을 제치고 아마네에게 말을 거는 일은 없었다.

어깨를 으쓱하고 쓴웃음을 지었는데, 왠지 마히루가 뚱하게 입술을 다물고 있었다.

"왜 그러는데. 자기평가가 낮다고 말하고 싶어?"

"그것도 있지만, 그게 아니에요."

"그럼 어떤 건데."

"몰라도 돼요……."

고개를 홱 돌리고 먼저 "잘 먹겠습니다."라고 손을 맞대는 마히루의 태도에 당황하면서, 아마네도 뒤따르듯 손을 맞대고 마히루에게 감사의 마음을 전했다.

셋이서 노래방에 간 다음 날.

마히루는 평소처럼 아마네의 집을 방문했다.

요새는 휴일에 아마네의 집에 있을 때가 많다. 골든위크가 시작되고 거의 매일 집에 있었다. 하루 내내 있지는 않더라도 저녁 무렵에는 식사를 차리러 오고, 아마네는 좋아하는 여자애가 곁에 있으면 당연히 기쁘니까 마히루가 마음대로 하게 내버려 뒀다.

마히루는 옆에서 스마트폰을 만지작거리고 있다. 스마트폰을 만지는 것은 당연하니까 이상한 일이 아니지만, 왠지 열심히 화면을 보고 있었다.

그렇다고 해서 남의 스마트폰 화면을 보는 것은 사생활 침해 행위이고 예의에 어긋난 짓이니까 하지 않지만, 스마트폰을 연락용이나 조사용으로만 쓰는 마히루가 열심히 화면을 본다는 사실이 신기해서 참을 수가 없었다.

"아까부터 뭘 보고 있어?"

물어보는 건 예의에 어긋나지 않을 것 같아서 물어보니, 어째서인지 마히루가 몸을 들썩였다.

그리고 아마네를 보고 왠지 거북한 눈치로 눈썹을 축 늘어뜨린다.

그런 태도를 보이는 이유를 잘 몰라서 아마네는 의문이 들지만, 마히루는 그런 아마네의 시선을 피했다.

이건 뭔가 켕기는 게 있을 때 보이는 태도겠지.

"뭘 숨기고 있어……?"

"수, 숨기는 건…… 저기, 화내지 않을 건가요?"

"내가 화날 짓을 한 거야?"

아마네는 원래 표정이 묘하게 언짢아 보인다는 소리를 듣곤 하는데, 화내는 일은 별로 없다. 애초에 마히루를 상대로 정말로 화내는 일은 없다. 성격으로 봐서 아마네가 마히루의 성질을 건드릴 리가 없고, 그런 일이 있다고 해도 기껏해야 황당함을 섞어서 조금 짜증을 내는 걸로 그치겠지.

"어쩌면 화낼지도 몰라요……."

"흐응. 아무튼 말해 봐."

"저기…… 시호코 씨가…… 아마네 군의 옛날 사진을."

"우리 어머니는 바보야?"
어머니에게는 왜 마히루에게 사진을 보냈는지 따지고 싶다. 뭐가 어떻게 돌아가야 사진을 보낼 결심을 하는 걸까.
"이, 이건 사정이 있어서 말이죠. 시호코 씨와 이야기하다가 우연히 어린 시절 이야기가 나와서…… 작은 아마네 군은 참 귀여웠겠다고 말했더니…… 그게, 이런저런 사진을……."
"잠깐만. 그거 확인해 볼게. 위험한 건 보내지 않았겠지?"
옛날 사진이라면 아마네의 기억에 없는 것도 있을 것이다. 기억에 있어도 개중에는 남에게 별로 보여주고 싶지 않은 실수를 찍은 사진도 있으니까, 본래라면 마히루에게 보내기 전에 본인이 검열해야 하겠지.
뭘 보냈냐고 시선으로 물어보니 마히루가 또 눈을 피했다. 그 반응으로 봐서 아마네에게 부끄러운 사진임을 눈치채고, 아마네는 마히루를 가만히 쳐다봤다.
그래도 마히루의 스마트폰을 강탈하는 것은 신사답지 않아서, 마히루가 항복하고 자백할 때까지 추궁하기로 했다.
"마히루 씨, 순순히 내게 보여주는 것과 계속 내가 추궁하는 것, 뭐가 좋아?"
소파에 한쪽 무릎을 대고 심각한 얼굴로 마히루의 뒤에 있는 소파 등받이를 짚고서 얼굴을 조금 들이댄다. 이렇게 하면 도망칠 데가 없으니까 찬찬히 추궁할 수 있겠지.
마히루는 도망칠 데가 없어져서 얼굴이 새파랗게 질리……는 줄 알았는데, 오히려 얼굴을 붉히고 더욱 시선을 이리저리 돌렸다. 여전히 말할 생각이 없는지 무릎 위에 올린 쿠션을 꼭 끌어안고 작게 신음하고 있다.

그토록 위험한 사진인가……. 그런 위기감이 들어서 마히루의 눈을 똑바로 보는데, 마히루는 원하는 반응을 보이지 않는다. 오히려 쿠션을 아마네의 얼굴에 대고 밀어내려고 하니까, 어째서 이토록 저항하는지 몰라서 쿠션을 잡고 던졌다.

별로 세게 붙잡고 있지는 않았는지 손쉽게 아마네의 손에 넘어간 쿠션이 곧바로 바닥을 힘없이 구른다.

몸을 굳힌 마히루에게 "순순히 실토해."라고 속삭이면서 볼을 꼬집으려는 순간, 무슨 생각인지 마히루가 소파에서 몸을 확 자빠뜨렸다.

너무나도 갑작스러운 일이라 아마네도 미처 반응하지 못했다. 그리고 마히루가 소파 등받이를 짚은 손에 부딪히듯이 움직이는 바람에 몸에서 균형을 잃고 그대로 소파 위에 넘어졌다.

다행히 아슬아슬하게 한 손이 마히루의 얼굴 옆에 있는 공간에 닿아서 깔아뭉개는 일은 회피했지만, 생각지도 못하게 마히루와 밀착했다.

서로가 갑자기 가까워지는 바람에 몸을 굳혔다.

몸은 밀착하지 않았어도 얼굴은 입김에 닿을 만큼 가깝다. 동그랗게 뜬 캐러멜 빛깔의 눈에서 긴 속눈썹이 희미하게 떨리는 것이 눈에 들어왔다.

조금만 얼굴이 가까워지면 코가 닿을 듯한 거리에서 마히루만의 독특하고 달콤한 향기가 나서, 뭘 어쩌면 좋을지 모르겠다.

© Hanekoto

두 사람은 뻣뻣하게 굳어 있었는데, 먼저 마히루가 움직였다.

불그스름한 입술을 바르르 떨면서, 그리고 눈을 꼭 감았다.

충격에 대비하는 듯, 불안한 듯, 그리고 무언가가 찾아오기를 기다리는 듯한 표정에 무의식중에 시선이 빨려든다.

희미하게 물든 뺨과 알아차리기 힘들 만큼 가녀린 숨결, 달콤하고 부드러워 보이는 입술은 순수함과 동시에 색기를 자아낸다. 모순적인 인상이 양립하는 마히루는 그저 조용히 몸을 움츠리고 있었다.

보호 욕구와 지배 욕구를 자극하는 그 모습에 무심코 손을 뻗어서——볼을 잡았다.

"흐헤."

"얼굴이 웃겨."

조금 웃음을 섞어서 중얼거리자 눈을 번쩍 뜬 마히루가 단숨에 얼굴을 확 붉힌다. 아까 같은 수치심이 아니라, 부끄러움과 분노가 반반씩 섞였다.

"자빠뜨린 것도 모자라 여자의 얼굴을 만지고 그런 소리가 나오나요?"

조금 울상을 짓고 째려보는 바람에 아마네는 슬쩍 쓴웃음을 지었다.

"그걸 솔직히 미안해. 네가 날뛸 줄은 몰랐어."

"나, 날뛰다뇨. 말이 심하네요. 그건 저기, 아마네 군이 압박해서 그래요!"

"마히루가 나 몰래 어머니에게 사진을 받아서 은폐하려고 드니까 그렇지."

"윽…… 으으."

이렇게 말하면 마히루가 반론하지 못한다고 아니까, 아마네는 슬쩍 웃고 마히루의 위에서 물러났다.

몸이 뒤로 넘어간 마히루의 등과 소파 사이에 손을 넣어서 일으키자, 마히루는 입을 오물오물 움직이면서 기묘한 표정을 지었다.

"그나저나 내가 내 사진을 검사하면 안 될까?"

"멋대로 보세요……."

체념했는지 미묘하게 토라진 투로 시호코와 메시지를 주고받는 채팅 페이지의 사진 일람을 보여주는 마히루의 얼굴은 여전히 빨갛다.

그걸 지적했다간 다음에는 집에서 뛰쳐나갈 것 같아서 꾹 참고, 아마네는 마히루에게 보이지는 않는 각도로 고개를 잠시 돌렸다.

(깜짝 놀랐네…….)

마히루에게 들키지 않고 태연한 척했지만, 심장은 지금도 폭음을 낼 기세로 쿵쿵 뛰고 있다.

그래도 장난을 치지 않았더라면, 거부할 기색이 없었던 마히루에게 자신은 무엇을 하려고 했을까?

아마네 자신도 그걸 잘 아니까, 수치심과 죄책감이 복잡하게 뒤엉켰다.

(하마터면 최악의 남자가 될 뻔했어.)

사고는 사고고, 그 사고에 이르는 과정에서 피차 반성할 점이 있었을 것이다. 그러나 그때 마히루에게 연인끼리만 하는 신체 접촉을 해도 되는지는 차원이 다른 문제다. 애초에 그래서는 안 된다.

멋대로 키스라도 했다간 마히루가 울 것이다. 사귀는 사이도 아니니까 그럴 권리는 없고, 그랬다간 마히루가 자신과 멀어질 거라는 확신이 있다.

상대의 뜻을 무시하고 감정과 욕구를 강요하면 그냥 자기밖에 모르는 인간이다. 아마네는 그런 인간이 되고 싶지 않다.

"아마네 군은…… 확인하고 싶다면서 정작 볼 생각은 없나 보네요?"

딱 봐도 아까보다 언짢은 투로 부르는 바람에 허둥지둥 마히루를 봤더니, 마히루는 그제야 다소 색깔이 차분해진 볼을 부풀리고 있었다.

"미안해. 잠시 생각할 게 있어서."

"바보."

평소보다 직설적으로, 또한 귀엽게 들리는 말로 매도하는 마히루. 이건 어설프게 대답했다간 오래갈 것 같다고 깨닫고, 아마네는 서둘러 스마트폰에 시선을 줬다.

사진 일람에는 아마네의 유치원, 초등학교 시절 사진이 있었다. 얼핏 봐서는 창피한 사진이 없어서 안심했지만, 지금의 아마네를 봐서는 상상할 수 없을 만큼 순진함을 사방에 드러내며 웃는 사진이 있어서 몹시 부끄럽다.

다른 의미로 얼굴이 달아오를 것 같아서 끓어오르는 수치심에서 눈을 돌리려고 마히루를 힐끗 봤더니, 더는 언짢은 표정이 아니었다.

그 대신 뭔가 넋이 나간 듯, 꿈이라도 꾸는 것처럼, 여기가 아닌 다른 어딘가를 보는 눈빛으로 입가를 만지고 있어서, 아마네는 왠지 보면 안 되는 것을 본 기분으로 황급히 스마트폰을 다시 봤다.

아까처럼 심장이 쿵쿵 뛰는 사실을, 마음과 눈 모두 외면하려는 것처럼.

제11화 당신 말고는

"그러고 보니…… 아마네 군은 *어머니의 날에 뭔가 선물할 건가요?"

함께 TV를 시청하다가 어머니의 날 특집 제목이 달린 방송을 본 마히루가 문득 떠올린 것처럼 조용히 말했다.

기본적으로 부모님을 떠올리게 하는 것은 좋지 않다고 봐서 슬쩍 채널을 돌리려고 했던 아마네는 마히루가 별로 신경 쓰는 기색이 없어서 조금 안심하고 고개를 끄덕였다.

"그야 당연하지. 그래도 고향 집에 작은 선물과 꽃을 부치는 정도지만."

다소 귀찮아도 소중한 어머니이고, 물론 가족으로서도 좋아하니까 평소의 고마움을 전할 필요가 있겠지. 그러나 지금은 고향 집을 떠나서 직접 말하러 갈 수도 없다.

"뭐, 떨어져 지내니까 이런 거지. 가까이 살았으면 조금 더 다른 방법이 있었겠지만."

"집안일을 도운다든지요?"

"내가 하면 아버지와 어머니의 일거리가 늘어나지만."

마히루의 덕분에 다소 실력이 늘었고 혼자 자취하는 데는 크

---

* 어머니의 날 : 5월 둘째 일요일로 지정된 일본의 기념일. 일본에는 어머니의 날과 아버지의 날이 따로 있다.

게 지장이 없을 만큼 성장했으니까 도울 수는 있겠지.

다만 부모님처럼 잘하는 건 아니므로, 결국 다시 하는 꼴이 될 것 같지만.

"하긴 그렇겠네요."

"그걸 긍정하면 마음이 복잡해지는데……."

"하지만…… 아마네 군도 불편하지 않게 살 정도로는 집안일을 할 수 있게 됐잖아요? 그야 완벽함과는 거리가 멀지만요."

"평가가 신랄하네. 그 말이 맞지만."

"후후. 아마네 군은 아직 멀었어요."

"암, 그렇죠. 마히루 선생님은 못 이깁니다."

"아이참."

집안일은 지금의 마히루를 평생 못 이길 것 같다.

마히루는 아마네의 말투를 듣고 한심하다는 듯이 웃으며 팔뚝을 찰싹 때리는데, 기분이 나쁘진 않은지 불만을 더 말하지 않았다.

"시호코 씨와 슈토 씨는 집안일도 못 하는 아마네 군을 잘도 자취하게 했네요."

아마도 아무 생각 없이, 그냥 생각한 바를 말한 거겠지.

딱히 뭐라고 말한 적도 없으니까 당연한 일이다. 예전의 아마네는 이츠키가 질려서 걱정할 만큼 생활력이 없었고, 그 실태를 가장 잘 아는 마히루가 의문을 말하는 것도 당연한 흐름이다.

아마네는 가슴이 욱신거리는 것을 모르는 척하고 어깨를 으쓱했다.

"사실은 눈을 떼고 싶지 않았다던데? 나는 정말로 생활력도 없고 한심한 인간이었으니까."

"아마네 군도 용케 혼자 자취하려고 결심했네요."

"응. 사정이 있어서 고향에 있기 싫었거든."

너무 심각하게 말하면 마히루가 의식할 것 같으니까 아무렇지도 않게, 어디까지나 부담이 안 생기게 고백하자 마히루가 움직임을 멈췄다.

캐러멜 빛깔을 띤 눈에 금방 후회가 슬쩍 드러나기 시작하니까, 민감한 것도 참 곤란하다. 그런 얼굴을 보려고 한 게 아닌데, 남들보다 상처에 훨씬 민감한 마히루는 아마네가 속에 안고 있는 사정을 조금 눈치챈 것이리라.

괜히 드러냈다고 후회하면서, 곧바로 눈꼬리가 처지는 마히루의 머리를 가볍게 쓰다듬었다.

"아, 걱정하지 마. 그렇게 부담을 느끼면 내가 미안해. 딱히 심각한 사정이 있는 건 아니거든. 단순하게 고향에 별로 마주치고 싶지 않은 사람이 있어서 타지로 나선 거니까."

실제로 별로 심각하지 않았다. 그저 믿었던 것이 근본부터 무너졌을 뿐이다.

육체적으로는 아무런 피해가 없고 그들과의 관계도 끊긴 지금은 과거에 생긴 상처가 욱신거리는 정도로 평범하게 생활하고 있다. 마히루가 걱정할 일은 하나도 없다.

그런데도 마히루는 우울한 표정을 지어서, 아마네는 이걸 어쩌나 싶어서 아주 난처했다.

"정말로 괜찮거든? 지금도 힘들면 고향에 돌아간다고 말하지 않아. 나에게는 과거의 일이야."

"거짓말쟁이……."

"저기, 거짓말쟁이라니."

"전부 받아들였으면 그런 표정을 짓지 않아요."

그렇게 말하고 아마네의 뺨에 손을 내민 마히루는 조금 떨고 있었다.

자신이 어떤 표정을 지었는지, 눈을 내리뜬 마히루의 눈동자에는 비치지 않는다. 그저 마히루가 하는 말로 봐서는 밝은 얼굴이 아니겠지.

"말하고 싶지 않으면 그래도 돼요……. 그래도 아마네 군이 힘들어하면, 보고 있기가 힘들어요."

"그런 게 아니야. 대단한 이야기도, 재밌는 이야기도 아닌걸?"

그래도 걱정하냐고 조용히 묻자, 마히루는 작게 고개를 끄덕였다.

마히루의 반응을 보고 아마네는 뺨을 긁으면서 이걸 어쩌나 싶어 한숨을 슬쩍 흘렸다.

"음…… 뭐부터 이야기해야 할까. 뭐, 왜 고향을 떠났는지, 그것부터 말해야 할까."

"네……."

"친구와…… 올바르게 말하자면, 내가 일방적으로 친구라고 생각했던 상대와 거리를 두고 싶어서야."

딱히 대단한 계기는 아니다. 다른 사람이 보면 사소한 일을 신경 쓴다고 생각할지도 모른다.

그래도 그때의 기억은 아마네에게 깊이 새겨져 있다.

"뭐라고 할까. 나는 환경이 좋았어."

갑작스럽게 화제가 바뀌어서 마히루가 조금 의아한 기색이지만, 이것도 이야기에 필요한 부분이라고 이해했는지 조용히 귀를 기울여 주었다.

"나를 아껴 주는 부모님과 할아버지 할머니, 친척들이 있었고, 금전적으로도 유복해서, 내가 좋아하는 것을 배우게 해 주었어. 나를 소중히 여기고, 사랑해 준다는 것을 나도 알았어."

특히 부모님은 외동아들인 아마네를 끔찍하게 아껴 주었고, 아마네의 개성과 의견을 존중하면서 키워 주었다.

"그래도 당시의 나는 무척 행복한 환경인 것도 잘 몰랐고, 사람도 잘 의심하지 않았지. 주위에 온통 좋은 사람들만 있고, 귀여움을 받으면서 자랐으니까. 더 순진하고, 쉽게 말하자면 단순한 아이였어."

지금이야 이렇게 삐뚤어졌지만, 그 사건이 있기 전의 아마네는 현재로선 상상도 못 할 정도로 순진하고 발랄한, 아이다운 아이였다.

"그 단순함은…… 속이기도 쉽고, 이용해 먹기도 쉬웠겠지."

그렇기에 이용당할 빈틈도 아주 많았다.

"중학교 중반에 새롭게 사귄 친구……라고 해도 좋을지 모르겠지만, 새롭게 친해진 인간들이 쉽게 말하자면 봉이라고 할까, 돈줄로 봤다고 할까. 집안이 좋으면 편의를 봐주길 바라는 것이 인간이니까."

말하고 보면 한심하지만, 당시의 아마네는 정말 순진하고 단순했다. 속기 쉽다고 해도 좋다. 인간의 선한 부분을 믿으며 살았고, 그때까지 아마네를 이용하려고 든 인간이 없었다는 사실도 그 사고방식에 박차를 가했다.

단번에 표정을 굳힌 마히루의 기분을 풀어 주려고 "그야 나도 그만큼 멍청하진 않았으니까 돈을 준 적은 없지만." 하고 웃었는데, 마히루의 표정은 더욱 딱딱해졌다.

"그래서, 뭐랄까, 뒤에서 이래저래 떠드는 것을 목격하고 말았거든. 얼굴이 어떻고 성격이 어떻고 아주 심하게 말하더라고. 이용하기만 하는 거지 처음부터 얄미웠고 역겨웠다고 말하는 것도 들어서 충격을 받고 한동안 끙끙 앓았던 거야."

용모나 성격의 취향은 사람마다 다 다르니까 싫으면 싫다고 말하면 될 텐데, 아마네에게 이용 가치가 있어서 친한 척하고, 뒤에서는 험담하고 있었다. 그걸 견딜 수 없었다.

지금은 마히루에게 순화해서 말하고 있지만, 정말이지 입 밖에 꺼낼 수 없을 만큼 심한 모욕을 받아서 더더욱 괴로웠다. 현재는 그렇게 헐뜯든 말든 한 귀로 흘리겠지만, 당시 순진하고 섬세했던 아마네는 그냥 받아들일 수 없었다.

"물론 그런 인간들만 있는 건 아니라고 알아. 그리고 내 인품이 좋아서 친구로 있었던 사람도 있다는 걸 알아. 그래도 한 번 의심하기 시작하니까 무서웠어. 믿을 수가 없었어."

한동안 방에 틀어박히고, 울기도 했다.

부모님에게 위로를 받아 어떻게든 정신을 차렸지만, 역시 그들과 접하는 게 무서워서, 피하고, 피하고, 피하다가——.

"그래서 나는 고향을 떠났어. 나를 모르는 땅에서 새롭게 시작하려고. 더는 그 사람들 때문에 내 마음이 흐트러지지 않게끔."

혼자 살 수 있을지 불안했지만, 그보다도 마음의 평화를 선택했다.

그 덕분에 옛날처럼 사람을 쉽게 믿지 않고, 신뢰할 수 있는 인간인지 시간을 들여 확인한 뒤에야 겨우 친구가 두 명 생긴, 사교성이 없고 의심이 많은 남자로 자랐다. 좋은 나쁘든 방어적인 된 자신에게 아마네 본인도 쓴웃음밖에 안 나오지만, 이것만큼은 이미 몸에 밴 습성이니까 어쩔 수가 없다.

이야기를 마친 아마네 앞에서, 마히루는 몸을 바르르 떨고 주먹을 꼭 쥐고 있었다. 눈동자에서 일렁이는 것은 틀림없는 분노라서, 온화한 마히루가 이토록 화내는 모습이 혼란스럽다. 그리고 자신을 위해서 화낸다는 사실 자체에 말로 표현하지 못할 당혹감과 아주 작은 기쁨을 느꼈다.

"제가 그 자리에 있었으면 그 천박한 사람의 뺨을 때렸을 거예요."

"마히루가 손을 다치니까 안 돼. 나를 위해서 상상 속에서라도 실수하면 안 돼."

마히루가 손을 더럽힐 필요가 있을까? 아니다.

그들에게 그런 가치는 없고, 아마네도 그들을 이미 아무래도 좋은 존재라고 담담하게 생각하고 있다. 애초에 마히루가 그들을 보게 하는 것 자체가 아깝다.

하얗게 질릴 만큼 꼭 쥔 손을 슬쩍 풀어 주자, 마히루의 분노가 조금 가시고 그 대신에 비통한 기색이 드러났다.

아마네의 일로 상심할 만큼 마히루는 마음씨가 곱지만, 이미 지나간 일이니까 너무 슬퍼해도 곤란하다.

"마히루처럼 정말로 괴로운 것도 아니니까, 너무 슬퍼하지 않아도 돼."

"아마네 군, 그것과 비교할 게 아니에요. 비교하게 하고 싶지도 않아요."

딱 잘라 말하는 것을 듣고, 이건 마히루에게 못 할 소리를 했다고 눈꼬리를 내리니 마히루가 아마네를 보고 고요한 표정을 지었다.

"말해 두겠지만, 비교할 가치가 없다는 뜻이 아니에요. 당신의 슬픔은 당신만의 슬픔이니까 저에겐 없는 것이고, 제 슬픔과 비교해서 좋을 게 아니에요. 그런 데 우열은 없어요. 진정한 의미로 아마네 군의 슬픔을 이해할 수는 없고, 그 반대도 마찬가지예요."

"그래……."

"저는 당신의 슬픔을 받아들이고, 당신을 받쳐 주는 일밖에 할 수 없어요. 아마네 군이 그렇게 해 준 것처럼…… 저도 아마네 군을 받치고 싶고, 아마네 군이 저를 의지해 줬으면 좋겠어요."

그렇게 중얼거리고 아마네의 두 뺨에 손을 댄 마히루에게, 자연스럽게 가슴속과 눈시울이 확 뜨거워지는 것을 느꼈다.

"언제나 의지하는데 말이지……."

"정신적인 의미에서, 말이에요."

"언제든지 의지하고 있어."

"그렇다면…… 더."

"내 투정을 받아주지 마."

"받아줄 거예요. 얼마든지."

"인간적으로 타락할 거 같잖아."

"지금 와서 무슨 소리를 하나요. 아마네 군이 한심한 사람인 건 예전부터 알았는데요."

은근슬쩍 신랄하게, 그리고 부정할 수 없는 사실을 말하는 바람에 무심코 입가에 힘이 들어갔지만, 마히루는 한심하다고 말하는 것과는 정반대로 사랑을 베풀듯 부드러운 눈빛으로 아마네를 봤다.

"하지만…… 무척, 무척 좋은 사람인 것도, 잘 참는 것도, 알아요. 저한테는 응석을 부려도 돼요."

한없이 상냥하고 자애로운 목소리로 은은하게 속삭여서, 아마네가 유지하고 있는 초라한 제방을 무너뜨리려고 했다.

터지면 마히루에게 한없이 매달릴 것 같아서 무섭다.

진심으로 반한 여자에게 의지하고, 매달리고, 응석을 부렸다간 그 감미로움 탓에 돌이킬 수 없어질 것 같다.

그대로 참지 못하고 조금씩 마히루를 요구할 위험이 있다.

자제심을 위해서 고개를 천천히 젓고 "괜찮아."라고 대답하자, 마히루는 눈을 깜빡인 다음 대놓고 한숨을 쉬었다.

"아마네 군은 너무 멋을 부려요. 바보예요……."

이번에는 어이없다는 투로 귀엽게 매도한 마히루는 아마네의 뺨을 만지던 두 손을 뒤로 돌려서 머리를 감싼다.

그리고 쭉 끌어당겼다.

갑작스러운 일에 반응하지 못한 아마네가 마히루에게 이끌리듯 가슴에 얼굴을 파묻자 몸이 알기 쉽게 경직했다.

완전히 얼굴이 파묻힐 곳에 끌어당긴 것은 아니지만, 그래도 마히루의 심장 소리가 들리는 곳에 아마네의 얼굴이 있다. 당연히 부드럽고, 우유와 잘 모를 꽃향기에 풋사과처럼 청초한 향기를 조금 가미한 듯한 마히루만의 독특하고도 그윽한 향기를 더더욱 가슴 가득히 마시는 바람에 더더욱 혼란에 빠졌다.

"자꾸 따지지 말고 순순히 받아들여 주세요."

"너무 강제적이네……."

복잡하게 뒤엉킨 머릿속으로 어떻게든 쥐어짠 말은 애교고 뭐고 없었지만, 마히루는 그 대답이 재밌다는 듯이 웃고 몸을 들썩였다.

"이제야 알았나요? 여자는 때때로 억지를 쓰는 법이에요."

짓궂게 속삭인 마히루는 아마네가 혼란에 빠진 것을 알면서도 부드럽게, 놓치지 않겠다는 듯이 아마네의 등을 감쌌다.

물론 여자의 힘이니까 마음만 먹으면 뿌리칠 수도 있겠지. 그러나 달콤한 향기와 마히루의 온기, 기분이 좋아지는 푸근함과 아마네의 마음을 차분히 가라앉히는 고동이 저항할 힘을 송두리째 앗아갔다.

"저는 빚을 지면 꼭 갚는 성격이에요."

안 된다고 알면서도 이 온기와 푸근함에 몸을 맡기고 싶어지는 아마네의 귀에 속삭이는 소리가 들려온다.

"저는 예전에 아마네 군을 의지했어요. 당신에게 응석을 부렸어요. 이번엔 제가 해 줄 차례거든요? 응석을 부려 주세요. 소소한 보답이에요."

"거스름돈이 생길 텐데……."

"그럼 남은 건 빚으로 남겨요. 언젠가 제가 또 기운이 없을 때 손을 내밀어 주면 되거든요?"

양보할 생각이 없다. 그렇게 장난기가 듬뿍 담긴 목소리에 아마네는 모든 것을 내팽개치고 마히루에게 몸을 맡겼다.

정말로 아주 작은 저항으로, 그리고 아마네의 심장을 보호하기 위해서, 팔로 마히루의 등을 감싸고 얼굴을 가슴이 아닌 쇄골과 목 언저리로 피신해서 매달린다.

마히루는 그런 아마네를 보고 즐겁게 웃은 뒤, 아마네의 몸을 꼭 끌어안았다.

"다음부턴 이러지 마."

시간으로 보면 몇십 분.

체감 시간으로는 더 오랫동안 마히루에게 매달렸던 아마네는 고개를 들고 몸을 뗀 다음 마히루에게 다소 퉁명스럽게 말했다.

화내는 것이 아니라 수치심과 마히루의 무방비함을 경계해서 목소리에 가시가 돋쳤는데, 마히루는 신경 쓰는 기색도 없이 미소를 지었다.

"저도 아마네 군이 우울해하면 싫으니까 다음부턴 더 빨리 응석을 부려 주세요."

"그건 좀……."

존재감을 당당하게 주장하는 기복을 슬쩍 보고 시선을 돌렸다.

이런 식으로 응석을 받아준다면 되도록 사양하고 싶다. 이성으로 제동을 걸고 있지만, 또 그랬다간 도저히 버틸 수 없을 것 같다.

마히루 본인은 아마네를 신뢰하고, 이렇게 하면 마음이 편해질 것 같다는 이유로 그랬을 테지만. 여자가 남자에게 하기에는 조금 충격적이다.

그 덕분에 가슴속의 아픔은 가라앉았지만, 아픔이 진정되면서 새로이 심장이 아픔을 느끼기 시작했다.

"왜 눈을 돌려요?"

"그런 식으로 받아주면, 곤란해. 저기, 나도 남자니까."

"그건 아는데요."

"모르니까 말하는 거야. 서침."

이걸 기회로 보고 멋대로 얼굴을 파묻고 문지르면 어쩔 거냐고 마히루에게 물어보고 싶을 정도다. 마히루는 더 경계해야 하고, 아마네에게도 허용해서는 안 되는 일이 있음을 알았으면 좋겠다.

다음에 좋아하는 여자의 가슴에 얼굴을 파묻는 유혹을 당했다간 참을 자신이 없었다.

한 번 신뢰하면 뭐든지 용서할지 모른다고 한숨을 쉬자 마히루가 마음에 안 드는지 눈을 가늘게 뜨고 못마땅한 표정을 짓는다.

"아마네 군은 아무것도 몰라요."

"뭘?"

"뭐든지, 말이에요. 바보."

또 귀엽게 매도한 마히루는 화가 나서 툴툴거리는 기색으로 소파에서 일어섰다.

마히루가 화내는 기준을 몰라서 곤혹스러운 아마네를 방치하고, 마히루는 주방으로 가려고 뒤돌아섰다.

가냘프고 약해 보이지만, 아마네를 받쳐 준 마히루의 뒷모습을 멍하니 바라본다.

본인이 듣는다고는 생각하지 않는지 작게 "아마네 군은 바보예요."라고 툴툴거리며 매도하는 말이 계속되어서, 아마네는 어깨를 으쓱하고 웃으면서 그 뒷모습을 배웅하려고 하는데──.

"제가 당신 말고 다른 사람에게 이럴 리가 없는데."

그렇게 나지막하게 중얼거리는 소리를 귀가 듣고 말았다.

숨이 막힌다.

무슨 소리를 했는지 한순간 이해하기를 거부할 만큼, 아마네에게는 충격이 컸다.

“헉.”하고 숨을 짧게 내뱉는다.

그리고 가슴속에서 소용돌이치는 강한 충동이, 끓어오르는 감정이, 아마네를 일으켜 작은 등에 손을 뻗게 했다.

“있잖아, 마히루…….”

“왜……요?”

뒤돌아보기 전에 그 가냘픈 등을 감추듯이 감싸자, 마히루가 깜짝 놀란 소리를 냈다.

팔과 몸으로 감싼 채 마히루와 밀착하듯이 꼭 끌어안자 가녀린 몸이 떨린다.

그러나 거부감이나 혐오감은 없고, 그저 놀라움과 당혹감이 몸을 흔드는 것을 알았다.

작지만 의지할 수 있는, 의지하고 마는, 매달리고 마는 몸을 감싼 아마네는 마히루가 뒤돌아보지 않게 머리 위에 턱을 올렸다.

“정면에서는 괜찮으면서, 뒤에서는 놀라는 거구나…….”

“누구든 갑자기 그러면 놀라요!”

“네가 응석을 부려도 된다고 했잖아. 뭐, 이렇게 될 줄 알아서 사양한 거지만. ……나도 심장이 위험하고.”

원래는 이런 짓을 할 생각이 없었다. 그대로 조금 토라진 마히루를 뒤에서 배웅할 작정이었다.

하지만 그런 소리를 듣고, 애정이 끓어올라서, 하지만 부끄러워서, 정신이 이상해질 것 같아서—— 멋대로, 몸이 마히루를 원하고 말았다.

힘을 주면 부러질 것만 같은 몸을 부드럽게, 그러면서도 도망치지 못하게 붙잡는다.

마히루는 어떻게든 뒤돌아보려고 했지만, 아마네가 조용히 "돌아보지 마."라고 귓가에 대고 속삭이자 얼굴을 붉히고 고개를 푹 숙였다. 그 뒤에 "바보."라고 중얼거리는 소리가 들린 것 같지만, 그 말을 부정할 만큼 아마네는 똑똑하지 않으니까 달게 받아들인다.

(바보가 맞아……. 정말이지.)

이렇게 마음이 약해졌을 때 매달리고, 나아가 빈틈을 노렸으니까, 엄청난 바보일 것이다.

마히루가 거부하지 않는다는 이유로 온기를 독차지하려고 한다. 오늘 마히루가 아마네를 받아들이려고 끌어안은 것처럼, 예전에 아마네가 마히루의 등에 얼굴을 묻었을 때처럼, 아마네도 마히루의 머리 위에 턱을 대고 마히루의 온기를 느낀다.

"예전의 내 심정을 알겠어?"

"아, 알겠어요. 하지만!"

목소리가 떨리는 것은 동요한 탓이리라.

귀가 빨간 것을 보면, 여기서는 안 보여도 얼굴도 똑같이 빨갈 것이다. 그때 마히루의 상황과 다른 것은 아마네는 이렇게 하면 마히루가 어떤 반응을 보일지 어렴풋이 알고서, 받아들여 줄 거라고 알면서 응석을 부린다는 점이다.

"있잖아……. 딱히 상처에서 피가 나는 것도 아니고, 나는 제법 뻔뻔하니까, 정말로 걱정할 정도는 아니야. 이렇게 매달리

©Hanekoto

는 것도, 단순히 마음씨 착한 너의 빈틈을 노리는 거야."

거부하지 않으리라고 알면서 하는 거니까, 아마네 자신도 참 질이 나쁘다고 이해하고 있다.

마히루는 조용히 아마네의 말을 듣고, 이어서 슬며시 한숨을 쉬었다.

"그렇게 해서 아마네 군이 만족한다면, 마음이 치유된다면, 저는 거부하지 않아요."

움츠러들고 얌전히 있던 손을 지금 마히루를 붙잡은 팔에 뻗고, 슬며시 부드럽게 만진다.

뿌리치거나 때리지도 않고, 그저 맞대듯이 손을 대고 다정하게 만져 주니까, 아마네는 너무 까불지 말라는 듯이 자신에게 경고하면서 마히루의 머리에 다시 턱을 툭 댔다.

"나는 치사한 자식이야. 받아들여 준다고 알면서 너한테 기대고 있어."

"무슨 소리를 하나요. 아마네 군이 치사한 건 항상 그런데."

"그건 왠지 다른 일도 섞인 것 같은데……."

이번에는 명확하게 자신이 비겁함을 잘 알지만, 마히루가 말하는 치사함이란 아마네가 잘 모르는 무언가 같다.

"그래요. 알면 고쳐 주세요. 심장이 위험해요!"

"나는 짚이는 구석이 없는걸."

모르는 건 모르는 거라고 대꾸하자 마히루가 "끙끙." 귀여운 소리를 내고, 이어서 아마네의 항의하듯이 아마네의 팔을 찰싹 찰싹 때렸다.

아프지도 않게 장난치듯 건드리니까 귀여워서 조용히 웃었다.

"미안해, 치사해서."

"기왕 치사할 거면, 더 치사해지면 좋을 텐데요……."

"아까 한 말과 모순되는데."

"그건 그거고, 이건 이거예요."

"으엑……."

마히루를 잘 이해할 수 없지만, 본인이 뭔가 생각한 바가 있다면 아마네는 그것을 부정할 수가 없다.

마히루가 본 아마네가 치사하다면, 치사한 거겠지. 더 치사해지라고 해도 잘 모르겠으니까 부응해 줄 수는 없지만.

"저도 치사하니까, 불평할 자격은 없지만요."

"마히루의 어디가 치사한데?"

"어딜까요?"

마히루가 몸을 살짝 떨었다. 아마도 웃은 거겠지.

"제가 왜 치사한지 모르는 동안에는, 아마네 군도 아직 멀었어요."

목소리만 들어도 오늘 가장 즐거운 듯이 웃는다는 것을 알 수 있다.

천진난만하게 소리 내어 웃은 마히루는 품에서 미끄러지듯이 슬며시 빠져나와서 아마네를 돌아봤다.

그때 지은 표정은 생기가 넘치고, 짓궂고, 부드럽고, 온화하고, 보는 사람을 매료할 만큼 귀엽고 아름다운 미소라서, 아마네는 할 말을 잃었다.

그런 아마네를 보고 만족한 듯 마히루는 평소처럼 웃고 기분 좋게 주방으로 가서, 아마네는 마히루가 주방에 들어서는 것을 보고 그대로 소파에 쓰러지듯이 털썩 앉았다.

(마히루 너도 엄청나게 바보야……. 이 바보.)

저렇게 웃어서 아마네의 심장을 어쩌려는 건지 따지고 싶지만, 지금 마히루의 얼굴을 보면 말이 똑바로 나오지 않을 것 같아서 이 자리에서 조용히 끙끙댈 수밖에 없다.

가슴속은 이제 아프지 않았다.

제12화 부모님의 걱정과 과거의 아픔

"어머니…… 멋대로 마히루에게 사진을 보내지 마."

골든위크 마지막 날, 아마네는 어머니 시호코에게 연락했다.

일단 어머니의 날을 앞두고 집에 있는지를 물어볼 작정이었는데, 그보다도 마히루에게 사진을 유출한 일에 항의하려는 의미가 더 크다. 아직 끔찍한 사진이 유출되지는 않았지만, 어머니는 마히루가 조르면 그냥 보내겠지.

인사도 없이 바로 언짢은 목소리를 들은 시호코는 "어머, 들켰니?"라고 태평하게 대꾸했다.

절대로 반성하지 않았다.

"마히루가 수상한 모습을 보여서 추궁했더니 사진을 받았다고 했어."

『마히루짱도 참 미숙하구나. 포커페이스를 지켜야지.』

"보낸 걸 반성하라고."

그 덕분에 마히루의 사진 폴더가 이상한 방향으로 풍성해서, 언제 더 늘어날지 조마조마하다. 이유는 모르겠지만 마히루가 좋아하는 눈치라 억지로 막지도 못해서, 만악의 근원인 어머니를 말리는 게 빠르다고 학습했다.

다만, 시호코는 미안한 기색이 전혀 없다.

『귀여운 아들의 사진을 귀여운 딸에게 보내는 게 뭐가 잘못이니?』

"무엇부터 정정해야 좋을지 모르겠네. 아무튼, 마음대로 보내지 마."

『그렇다면 허가를 받으면 되니? 마히루짱은 기뻐했는데.』

"하다못해 내가 고를 권리를 줘. 창피한 사진을 보낸다고 생각하면 죽을 것 같아."

『걱정하지 말렴. 목욕 사진은 안 보냈어.』

"보내면 어머니의 날에 파업할 거야."

대체 무슨 선택지를 넣는 거냐고, 이 자리에 없는 어머니 대신 스마트폰을 노려봤다.

아마네의 심경을 모르는 시호코는『우후후.』하고 즐겁게 소리 내어 웃고 있으니까 눈썹이 곤두설 것 같지만, 이어서『이러니저러니 해도 매년 챙겨 주는구나.』라는 말이 들려서 불평을 도로 집어넣었다.

"그야 뭐…… 어머니니까."

물론 기본적으로 귀찮거나 지겹거나 질색할 때도 있다. 하지만 힘들게 자신을 낳아 주고, 건강하게 사랑을 듬뿍 주고 키운 어머니에게는 당연히 고마움을 느낀다.

부모님 덕분에 삐뚤어지지 않고 자랐다. 상처를 받았을 때도 다시 일어설 수 있었다. 조금은 속이 꼬였지만.

하지만 대놓고 어머니에게 감사하는 것은 사춘기 청소년에게 부끄러운 일이라서 미묘하게 입을 어물거리고 말았는데, 어머니는 그런 아마네를 다 안다는 것처럼 경쾌하게 소리를 내어 웃었다.

『착한 아이로 자라서 엄마는 기뻐. 올해 꽃도 기대할게.』

“그래…….”

『그리고 마히루짱을 여름에 초대해야 한다? 나도 즐겁게 기다릴 테니까.』

귀성을 기대하는 어머니에게 “알았어.”라고 무뚝뚝하게 대꾸하자, 또 웃었다.

“뭐, 마히루도 가고 싶어 하더라고. 기대하는 것 같아.”

『너도 즐거워 보이는데?』

“시끄러워.”

여름에도 마히루와 같이 지내는 것은 반갑고 기쁜 일이지만, 어머니에게 그걸 놀리는 것은 달갑지 않다.

단숨에 목소리가 뚱해졌지만, 어머니에게는 안 통해서 전화기 너머로 유쾌하게 웃는 소리가 계속해서 들리고 있다.

『후후. 다행이야. 고향에 오는 게 싫지 않은 것 같아서.』

“싫지는 않아…….”

1학년 여름에는 자발적으로 귀성하려고 들지 않은 것을 신경 쓴 것이리라.

지금의 아마네는 예전보다 귀성에 긍정적이다.

과거를 잊은 건 아니지만, 쓴맛을 본 일도 지금 보면 결과적으로 잘된 일 같다. 그대로 속으면서 순진하게 꽉꽉 쥐어짜이는 것보다는 훨씬 낫다.

게다가 그들의 그림자에서 도망치려고 들지 않았더라면 마히루와 만나지도 못했다.

"그 일로 계속 꿀꿀하게 있었더니 마히루가 여러모로 해 줬으니까. 이젠 뭐랄까, 아무래도 상관없어졌어."

『마히루짱한테 말했니?』

"응."

『잘됐구나. 너를 잘 이해해 주는 사람이 늘어난 거니까.』

밝은 목소리로 축하해 주는 어머니의 말에, 가슴이 조금 뜨거워졌다.

"그래……."

『그러면 보류해 두었던 중학교 시절 사진도 괜찮겠구나. 키가 커서 나보다 커졌을 때 의기양양하게 구는 사진도 있는데.』

"이보쇼. 웃기지 마. 그만둬. 왜 그딴 걸 남겼어."

부모의 사랑에 감동한 것도 잠시, 터무니없는 소리를 들어서 단숨에 감동이 날아갔다.

『귀여운 아들이니까~.』

"젠장. 이번에 가면 앨범부터 처분해 주겠어."

『그 앨범은 숨길 테니까 괜찮아.』

"반드시 찾아낼 테다."

마히루의 눈에 들어가기 전에 처분하지 않았다간 어머니가 유출한 사진을 보고 마히루가 싱긋싱긋 웃으면서 감상을 말할 것 같다.

굳게 다짐하고 선언하자 전화기 너머에서 웃음소리가 더 커졌다. 아마도 배꼽을 잡고 웃고 있을 게 틀림없다.

그 여유로운 웃음소리에 속이 끓어서 "끊을게." 하고 무뚝뚝한 말로 전화를 끊고 한숨을 쉬었을 때 "뭐 해요……?"라고 조용히 물어보는 말소리가 들렸다.

돌아보니 거실 입구에서 이쪽을 보는 마히루가 있다. 아무래도 이야기 소리가 들려서 조용히 집에 들어온 듯하다.

아마네는 의아해하는 마히루의 얼굴에서 시선을 돌렸다.

"어머니랑 전화하고 고향 집에 있는 앨범을 파기하기로 마음먹었어."

"무, 무슨 소리를 하나요! 아까워요!"

왠지 모르게 민감하게 반응해서 반대하는 마히루를 보고 얼굴을 실룩거렸더니, 마히루는 화가 단단히 난 것처럼 옆에 앉아 아마네의 팔뚝을 딱 때렸다.

"마히루 넌 뭘 기대하는데……."

"그야 물론 옛날 아마네 군의 사진을 보는 건데요……."

"싫어."

"역시 시호코 씨와 몰래 거래할 수밖에……."

"야."

"반은 농담이에요."

"나머지 반이 궁금하지만, 지금은 따지지 않겠어. 거참."

가만 내버려 뒀다간 어머니와 결탁해서 이상한 짓을 할 것 같지만, 마히루는 기본적으로 양심이 있으니까 끔찍한 일은 생기지 않겠지. 그렇게 믿고 있다.

노골적으로 한숨을 쉬는데도 마히루는 신경 쓰는 기색이 없이, 오히려 즐겁게 입가에 웃음을 띠고 있다.

"아마네 군한테는 미안하지만, 여름 방학이 기대돼요."

"아직 골든위크도 안 끝났는데, 마음이 성급하네."

"당연하잖아요. 아마네 군의 부모님을 뵙는 것도 기대되고, 아마네 군의 앨범을 보는 것도 기대되고, 아마네 군이 태어나고 자란 곳을 제 눈으로 보는 것이 기대돼요."

"앨범 말고는 고마워. 앨범은 안 돼."

갑자기 귀여운 소리를 듣는 바람에 가슴이 펄떡 뛰었지만, 쓸데없는 목적이 끼어 있어서 퇴짜를 놓았더니 못마땅한 표정을 보였다.

아마네에게만 보이는 유치한 얼굴에 낯간지러운 기분이 들면서, 앨범의 존재에서 의식을 돌리려고 마히루의 머리를 쓰다듬는다.

마히루는 아마네가 머리를 쓰다듬는 것을 참 좋아하는 것 같다. 섬세한 머리를 헝클어뜨리지 않게 부드럽게 표면을 쓰다듬는데, 아직 조금 못마땅한 기색이지만 얌전해진다.

"귀성은…… 나도 기대하고 있어."

"정말요?"

"왜 내가 그런 거짓말을 해야 하는데."

"그야…… 그건."

말을 흐린 것은, 어제 일을 떠올렸기 때문이리라.

"그 인간들 일은 이제 별로 상관없어. 마히루가 화내 주었다는 사실만이 중요하니까. 뭐라고 할까, 나도 참 행복한 인간이라고 생각해. 나를 위해서 진심으로 화내 주는 사람이 있으니까."

아마네가 생각해도 자기 자신이 참 단순하지만, 마히루는 아마네가 끌어안고 있었던 상처를 받아들이고 보듬어 주었다. 그것만으로 상처가 많이 나았다.

게다가 질질 끌다간 마히루가 아마네를 보듬어 주려고 애쓸 테니까, 계속 우울하게 있을 수도 없음을 잘 알기 때문이기도 하다.

아무리 그래도 이성을 잃고 싶지는 않고 인간적으로 타락하기도 싫으니까, 더는 신경을 쓸 수가 없어졌다.

"아마네 군이 상처를 받으면 당연히 화낼 거예요. 아마네 군도 다른 사람이 제게 상처를 주면 화낼 거잖아요?"

"당연하지."

"즉, 그런 거예요."

조금 흥겨운 투로 속삭인 마히루는 그대로 눈을 감고 아마네가 쓰다듬는 것을 편하게 받아들이고 있다.

확실한 신뢰를 느끼고 부끄러워진 아마네는 마히루가 바라는 대로 부드럽게 쓰다듬어 주었다. 그러자 마히루는 곱게 미소를 지으며 아마네의 몸에 기댔다.

제13화 휴일 후 파란의 예감

길고도 짧았던 골든위크가 끝나고, 학교가 시작된다.

(이제야 마히루와 조금 거리를 둘 수 있어…….)

골든위크 때는 마히루가 거의 매일 아마네의 집에 있었다. 허가도 했고, 밥을 차려 주면 고맙고, 좋아하는 여자애와 같이 시간을 보내는 것도 기쁜 일이다.

하지만 마히루가 아마네의 상처를 받아들여 준 날부터 마히루를 향한 감정의 열량이 늘어나서 마음속을 정리하기가 복잡했다.

아마네를 전폭적으로 신뢰해 주는 마히루는 아마네의 응석을 받아주고, 반대로 응석도 부린다. 그러니까 그때마다 아마네의 심장과 이성이 단련을 시험받는다.

신체 접촉을 허락하는 사람은 아마네밖에 없다고, 그런 태도를 보여서 아마네는 도저히 참을 수 없어질 것만 같다. 오히려 이토록 참은 것을 칭찬해 줬으면 하는 정도다.

지금이라면 참지 않아도 아마네가 바란다면 응해 주지 않을까 ── 그렇게 생각할 정도로, 마히루는 아마네의 일이라면 뭐든지 받아들여 줄 것 같지만, 아무리 그래도 마음을 고백할 용기는 생기지 않는다.

만약 거절한다면, 기운을 잃고 다시 일어서지 못할 자신이 있다.

자신을 좋아하는 게 아닐까 생각하는 한편으로 만약의 일이 무서워서 실행에 옮기지 않는 자기 자신의 한심함이 부끄럽지만, 받아들여 준다고 해도 마히루의 옆에 서도 될 만큼 아마네는 잘나지 않았다.

(노력해야지…….)

얼굴은 어떻게 할 수 없지만, 체격이나 두뇌 면에서 연마할 수 있는 것은 최대한 연마하려고 한다. 하다못해 옆에 있을 때 뒤에서 손가락질을 당하지 않게끔, 마히루가 망신을 당하지 않게끔.

실제로 마히루가 아마네를 남자로 보고 좋아하는지는 둘째 치고, 노력해서 손해를 볼 일은 없겠지. 다른 사람이 자신에게 반하게 노력하지도 않으면서 좋아해 달라고는 생각할 수 없다.

나중에 현역 육상부 에이스도 부러워할 만큼 몸의 균형이 잘 잡힌 유타에게 추천 트레이닝을 물어보자고 결심하면서 교문을 지나 신발장이 있는 곳에 도착했을 때, 익숙한 얼굴이 눈에 들어왔다.

"안녕. ……얼굴이 왜 그래?"

천천히 실내화로 갈아신던 이츠키는 아마네의 얼굴을 보고 미심쩍게 미간을 모은다.

"내가 할 소리인데. 이상해?"

"아니, 음…… 뭐라고 할까. 뭔가 결심한 얼굴이라서. 혹시 드디어 고백한 거야?"

"풉. 그럴 리가 있겠냐!"

완전히 빗나가지도 않은 말을 듣고 무심코 뿜을 뻔해서 눈꼬리를 곤두세우자 이츠키가 참 이상하다는 눈으로 봤다.

"어? 그러면 뭔데? 뭔가 진전이 있었나 싶었는데."

"지, 진전은 무슨."

"드디어 쫄보에서 벗어나서 남자답게 돌격한 줄로만 알았지."

"쫄보라고 하지 마, 이 바보야. 단순히…… 걔한테 호감을 사려고, 옆에 있어도 되게 노력하자고 생각했을 뿐이야."

"흐응. 다시 말해 연휴 동안에, 그것도 요전번 노래방 이후로 뭔가 있었다는 거군."

제법이라며 웃는 이츠키에게 더는 뭐라고 대꾸하지 못하고 입술을 굳게 다물었다. 그러자 이츠키는 웃으면서 아마네의 등을 찰싹찰싹 때렸다.

"캐물으면 네가 싫어할 테니까 더 말하진 않겠지만, 뭔가 도움이 필요하면 도와줄 건데?"

"이츠키……."

"그리고 더블 데이트를 하자."

"너 말이야. 그게 목적은 아니겠지?"

긴장을 풀려는 농담임을 알아서 받아주자, 이츠키는 슬쩍 웃으면서 "와~ 꿈이란 말이지."라고 아마네의 등을 다시 찰싹찰싹 때렸다.

이게 이츠키가 나름대로 기운을 내라고 격려하는 것이라고 아니까, 아마네는 희미하게 웃고 조금은 가벼워진 마음으로 "마음대로 떠들어."라고 대꾸했다.

둘이서 교실에 들어가 보니 왠지 소란스러웠다.

교실에 들어온 두 사람에게 반응하는 것은 아니지만, 평소와 다르게 시끌시끌한 까닭에 영문을 모르는 아마네는 당혹감을 감출 수 없다.

연휴가 끝난 교실이 여행 이야기 등으로 시끄러운 것은 매번 있는 일이지만, 오늘은 그것과는 다르게 웅성거리는 소리가 가득했다.

굳이 말하자면 연휴 때 있었던 일을 이야기하는 것이 아니라, 소문을 이야기하는 듯한 분위기다.

자리에 짐을 내려놓고 귀를 기울여 보니── 마히루의 이야기를 하는 듯했다.

"시이나 양이 잘생긴 남자랑 데이트하는 걸 봤대."

들린 말에 아마네는 얼굴을 확 굳혔다.

목격 자체는 사람들이 많이 다니는 곳을 걸었으니까 있을 법하다고 어느 정도 예상했는데, 설마 그 이야기로 교실 전체가 시끌시끌할 줄은 몰랐다.

잘생긴 남자라는 평가를 들어서 기뻐하는 한편으로, 본인으로선 속이 거북하다.

참고로 옆에서 마찬가지로 귀를 기울이던 이츠키가 히죽히죽 웃어서, 한 대 때리고 싶었다.

"팔짱을 끼고 학교에서는 못 보던 표정으로 웃었다는데…… 혹시 올해 초에 소문이 돌았던 그 사람일까?"

"사귀는 게 아니라고 했는데, 역시……."

소곤소곤 속닥이는 여학생들이 마히루를 보고 있다.

당연하지만 학교에 일찍 온 마히루는 소문의 중심이 자신임을 모른다. 아니, 알지만 모르는 척 1교시 준비를 하고 있다.

반듯하면서 청초한 자태가 주목받는 것은 항상 있는 일이지만, 오늘만큼은 호기심이 섞인 시선이 많이 향하고 있었다.

여자들의 호기심 말고도 남자들은 다 죽은 눈으로 보고 있지만, 조금도 의식하는 기색이 없다.

어디까지나 평소처럼 차분한 태도다.

마히루가 너무나도 천사님의 태도를 유지하고 있어서, 더는 참지 못한 같은 반 여자애가 마히루에게 다가갔다.

"저, 저기. 시이나 양."

조심조심 말을 걸자 마히루는 천천히 눈을 깜빡이고 "네, 무슨 일이죠?"라며 아무것도 모르는 투로 대답했다.

"저기, 요전번에 시이나 양이 남자랑 같이 쇼핑몰을 걷는 걸 봤는데."

"네, 그런데요."

순순히 긍정하는 마히루를 보고 교실이 술렁거린다.

역시 소문의 진위를 모두가 궁금해하는 거겠지. 소문의 당사자인 아마네로서는 위장 언저리가 쿡쿡 쑤셨다.

"그게 있잖아. 그 사람하고는 어떤 관계인지……."

"어떤 관계냐고 하면, 친구가 가장 맞는 말이라고 보는데요."

그때 솔직하게 대답하는 마히루를 보고 안심하면서도, 아직 술렁거리는 교실이 역시 여러모로 속이 쓰리다. 이상한 질문은 하지 말라고 생각하는 것도 어쩔 수 없겠지.

마히루가 담담하게 대답하자 남자들이 아마네와 다른 의미로 안심하는 것이 보였다.

"그러면 데이트는 아니었나 보구나."

"데이트, 인가요……. 아뇨, 데이트의 정의를 생각하면 데이트가 맞아요."

그때 무슨 생각인지 마히루가 긍정했다.

데이트의 정의는 기본적으로 남녀가 시간을 정해서 만나는 것이니까 틀린 말은 아니지만…… 사람들은 엄밀한 의미를 따지진 않으리라.

꺄악, 하고 간드러진 소리가 터져 나온다.

어느 시대든 세상의 여자들은 연애 이야기에 흥분하는 법이다. 아마네도 평소라면 잘도 좋아하는구나 싶어서 멀찍이서 구경하고 그냥 흘렸겠지만, 당사자로서는 그럴 수가 없다.

"그건 즉, 무슨 뜻이야……?"

물어본 여학생이 흥미와 기대가 뒤섞인 투로 물어보자 마히루가 한순간 아마네를 봤다.

부드러우면서 조금 열기를 띤 시선에 숨이 막혔을 때, 마히루가 시선을 돌리고 온화한 표정을 지었다.

사랑스럽게 바라보는 듯, 자애로운 듯, 부드럽고 섬세한 미소를 짓고서, 마히루는 자신의 가슴에 손을 댔다.

마치 소중한 무언가가 있는 것처럼.

"사귀는 건 아니지만, 그 사람은 저에게…… 가장 소중한 사람이에요."

그렇게 투하된 폭탄은 교실을 들썩이게 하고, 아마네의 심장을 크게 뒤흔들었다.

〈4권에서 계속〉

She is the neighbor
Angel,
I am spoilt by her.

후기

이 책을 구입해 주셔서 감사합니다.

작가인 사에키상입니다. 〈옆집 천사님〉 3권은 즐겁게 봐 주셨나요?

이번에는 지난 2권의 후기에서 쓴 것처럼 소악마 마히룽으로 변하는 권입니다. 가라, 가라, 밀어라, 밀어라 마히루 양의 노력을 3권에 한가득 묘사해 봤습니다.

밀어붙이지 않으면 소용이 없다는 사실을 이해한 듯, 마히루 양은 팍팍 밀어붙여서 아마네 군을 휘두르고 있는데, 아마네 군도 뒤지지 않습니다. 적극적으로 변하면서도 역시 겁이 많습니다. 결국 지는 게 맞잖아요, 이걸 어째.

그래도 아마네 나름대로 전진할 것을 선택하고 애쓰고 있으니까, 두 사람의 가슴 졸이는 접근 양상을 재밌게 봐 주셨으면 좋겠습니다.

다음 권에서는 아마네 군도 더욱 적극적으로 애쓰게 할 작정이니까요! 남자답게 굴어 봐, 아마네 군.

그리고 하네코토 선생님의 일러스트가 너무 귀여운 문제가 발생했는데 이걸 어쩌면 좋을까요. 너무 귀엽지 않나요? 천사님이 천사님이죠? 다 압니다.

일러스트가 전부 진짜 귀여운데, 개인적으로는 수줍어하는 마히루 양이 귀여워요……. 어라? 대부분 수줍어하던가…… 아마네 군이 그렇게 만들고 있네요……?

즉, 전부 귀엽습니다. 여러분, 더 많이 봐 주세요.

정말이지 다음 권 일러스트가 기대됩니다. ……나, 나올 거라고 믿어요!

이제 마지막입니다. 신세를 진 여러분께 감사 인사를.

이 작품을 출판할 때 애써 주신 담당 편집자님, GA문고 편집부 여러분, 영업부 여러분, 교정자님, 하네코토 선생님, 인쇄소 여러분, 그리고 이 책을 집어 주신 여러분, 정말 감사합니다.

다음 권에서 또 만나기를 빌면서 펜을 놓겠습니다.

끝까지 읽어 주셔서 고마워요!

옆집 천사님 때문에 어느샌가 인간적으로 타락한 사연 3

2021년 09월 15일 제1판 인쇄
2025년 02월 20일 제6쇄 발행

지음 사에키상
일러스트 하네코토

제작 · 편집 노블엔진 편집부

발행 데이즈엔터(주)
등록번호 제 2023-000035호
주소 07551 서울특별시 강서구 양천로 570 NH서울타워 19층
대표전화 02-2013-5665

ISBN 979-11-380-0583-8
ISBN 979-11-6625-555-7 (세트)

OTONARI NO TENSHISAMA NI ITSUNOMANIKA DAMENINGEN NI SARETEITA KEN vol. 3

구매 시 파손된 도서는 구매처에서 교환하실 수 있습니다.
기타 불편사항, 문의사항이 있으신 독자님께서는 노블엔진 홈페이지
[http://novelengine.com] 에서 Q&A 게시판을 이용해 주시기 바랍니다.

우리 옆집엔 천사님이 산다—— 무뚝뚝하면서도 귀여운 이웃과의 풋풋하고 애틋한 사랑 이야기.

옆집 천사님 때문에 어느샌가 인간적으로 타락한 사연 1~3

◆

후지미야 아마네가 사는 맨션 옆집에는 학교 제일의 미소녀인 시이나 마히루가 살고 있다. 두 사람은 딱히 이렇다 할 접점이 없지만, 비가 오는 날 흠뻑 젖은 시이나 마히루에게 우산을 빌려준 것을 계기로 기묘한 교류가 시작되었다.

혼자서 너저분하게 대충대충 사는 아마네를 차마 보다 못해, 밥을 차려 주거나 방을 청소해 주는 등 이것저것 챙겨 주는 마히루.

가족의 정을 그리워하면서 점차 다정한 모습을 보이기 시작하는 마히루. 그러나 그 호의를 알면서도 자신감이 없는 아마네. 두 사람은 자신의 마음에 솔직하게 굴지 못하면서도 조금씩 서로의 거리를 좁혀 나가는데 …….

NOVEL ENGINE

사에키상 지음 | 하네코토 일러스트 | 2021년 10월 제3권 출간

청춘의 상상, 시동을 걸어라!

애니메이션 제작 결정!
천재 왕자의 빗나간 예상투성이의 약소국가 운영담, 개막!

천재 왕자의 적자국가 재생술 ~그래, 매국하자~

1~2

애니메이션 제작 결정!

"나라 팔아치우고 튀고 싶다아아아아!"

추운 북쪽 땅, 이렇다 할 자원도 산업도 없는 변방의 약소 국가. 국왕이 몸져누워서 섭정으로서 나라의 운영을 맡은 왕자의 소박한 소원은 '매국'이었다?!

그러나 시대의 흐름은 그 소원을 철저하게 짓밟는데——.

외교로 강대국에 빌붙어서 나라를 팔아먹고 은거하려는 원대한 그림은 강대국의 내란으로 백지가 되고, 도토리 키 재기 수준의 이웃 나라가 쳐들어왔을 때는 적당히 치고 빠지려다 대승리 + 알박기 점령!!

하루라도 빨리 편히 쉬고 싶은 매국 왕자의 소원은 과연 이루어질 것인가?!

NOVEL ENGINE

토바 토오루 지음 | **파루마로** 일러스트 | **2021년 9월 제2권 출간**

청춘의 상상, 시동을 걸어라!

인기 애니메이션 방영작!
새로운 장으로 나아가기 전, 결의와 이별이 담긴 13권 출간!

용왕이 하는 일!

1~13

애니메이션 방영작

현관을 열자, 초등학생 여자애가 있었다——.

"약속대로, 제자로 받아 주세요!!"

16세에 장기계의 최강 타이틀 『용왕』을 딴 '쿠즈류 야이치'의 집에 다짜고짜 쳐들어온 인물은 초등학교 3학년 여자애인 '히나츠루 아이'(9세).
생각지도 못하게 시작된 초등학생과의 동거 생활. 아이의 순수한 열정을 접한 야이치는 자신이 잊어가던 뜨거운 무언가를 되찾기 시작하는데——.

『농림』의 작가, 시라토리 시로의 최신작!
장기계를 무대로 한 스승과 제자의 코미디!

시라토리 시로 지음 | 시라비 일러스트 | 2021년 9월 제13권 출간

청춘의 상상, 시동을 걸어라!

애니메이션 제작 발표!
최강의 마법사, 더욱 강해지기 위해 다시 태어나다!

실격문장의 최강 현자

1~6

최강 마법사가 되기 위해 환생한 마법사가 있었다.
소년으로 환생해 손에 넣은『마법 전투에 최적화된 문장』.
그러나 환생한 미래에 그 문장은「실격문장」으로 취급되고 있었다!!

『마법 전투에 최적화된 문장』을「실격문장」으로 취급하는,
수준 낮은 마법 이론이 뿌리내린 세계에서,
다시 태어난 최강 현자는 사람들의 상식을 파괴해 나간다—!

만화 : 칸쇼&효코(Friendly Land) / 원작 : 신코쇼토

NOENCOMICS

애니메이션 제작 발표! 이세계로 넘어간 사축, 현자가 되다?!
「실격문장」 콤비의 원작 소설이 만화로 등장!

전생 현자의 이세계 라이프

1~4

악덕 기업에서 노예처럼 일하던 '사노 유지'의 컴퓨터에 뜬 메시지.
——당신은 이세계에 소환되었습니다!

정신이 든 곳은 판타지 같은 세상.
어쩌다 보니 근처에 있는 슬라임을 길들여 '테이머'가 된 유지는
신기한 마도서의 힘으로 두 번 직업 '현자'를 얻는데——

무덤덤하게 상식을 초월하는 이세계 최강 모험담!!

만화 : 펑제(Friendly Land) / 원작 : 신코쇼토

NOENCOMICS